어쩌면
위로가
되지 않을까 해서

소란과 홀로 사이

어쩌면
위로가
되지 않을까 해서

배은비 지음

harmonybook

내게 있어 글쓰기란. 솔직해질 수 있는 도구이자 나 자신을 위로하는
방법이었다.

나를 소개해야 할 일이 있을 때면 매번 이렇게 말을 하곤 했다. 나이
는 얼마고. 무슨 일을 하는 사람이며, 평범한 회사원입니다. 잘 부탁드
립니다. 감사합니다. 어쩜 그리 토씨 하나 틀리지 않고 똑같을 수 있나
싶을 정도였다.

사실 이렇게 말하고 싶었다. 글 쓰는 일을 좋아하는 사람입니다. 여행
도 좋아해서 여행 작가로 살아가는 모습을 상상해보기도 합니다. 지금
은 평범한 회사원이지만 이것 또한 나쁘지 않습니다. 매일 어딘가 가야
할 곳이 있다는 것에 감사하고, 하루의 끝이 있어 좋습니다. 여유로운
삶을 동경하며 그렇게 살고자 노력하는 중입니다. 약속 시각 보다 일찍
도착해 시간이 비는 틈과 바다를 사랑하며 환한 낮보단 어스름하게 빛
나는 밤을 더 좋아하는 사람입니다.

이처럼 솔직하게 살아갈 수 있었다면 얼마나 좋을까 생각하지만, 용
기가 부족한 사람, 빛이 나는 사람이고 싶었지만 너무나도 평범하고 어

중간한 사람이 나였다.

세상에 빛나는 사람은 너무나 많았기에 그 사이에서 내가 빛이 날 수 있을까에 대해 의문이 들기도 했다. 제대로 해내는 건 없으면서 하고 싶은 것만 잔뜩 있었던 나는 욕심만 많은 이기적인 사람이었다. 최악, 그래서였는지 몰라도 나의 20대는 참으로 우울했다. 여러 번의 이직, 두 번의 대학생활, 사기, 친구의 죽음, 사랑하는 사람의 아픔, 그 모든 것을 겪는 사이 오지 않을 것만 같던 서른은 어느새 찾아와 있었다.

더는 투정을 부릴 수 없는 나이,

어른도 아이도 아닌 나이,

아직 방황하면서도 어른인 척 나아가야 하는 나이, 서른.

허무함과 공허함, 외로움과 자괴감이 찾아올 때마다 나를 버티게 해주었던 건 글이었다.

글이 내게 버텨낼 힘을 준 것처럼 나도 당신에게 그러고 싶었다.

절대 당신이 살아가는 삶이 잘못된 것이 아니라는 걸

소란스럽기만 한 삶이라도 괜찮다고

남들은 다 잘 살아가는 것만 같고 당신만 뒤처진 것 같아도

알고 보면 당신만 그런 것도 아니라고

당신은 세상에서 단 하나뿐인 소중한 사람임이 분명하다고

그러니 매 순간을 아끼며 예쁘게 살아가라고

세상은 언제나 불공평해서 뜻대로 되지 않겠지만,

그래서 힘들고 슬플 때도 있겠지만,

언제고 당신이 빛나는 순간은 올 것이라고, 말해주고 싶었다.

솔직해지고 싶어서 위로받고 싶어서 글을 썼다.

이젠 당신에게 조금이나마 위로가 되고 싶어 이 글을 쓴다.

제 5 장
나를 위로함은 당신을 위로함이었다

제 1 장

소란과 홀로 사이

1. 평범하기 그지없는

빠르게 변해가는 세상에서 평범하기 그지없는 내가 살아가는 것은 꽤 힘든 일이었다.

나는 늘 어중간해서 어디에도 속하지 못한 채 겉돌기만 하는 아이였다. 5년 넘게 배우던 피아노는 지겹다는 이유로 그만두었고, 좋아하던 미술은 나보다 잘하는 아이들이 많다는 걸 안 순간 시들해져 버렸다. 승부욕 따위는 찾아보기 힘들었고 곧잘 그만두기 일쑤였다. 포기할 때조차 솔직해지지 못했고 변명을 마구 내뱉었다. 선생님이 잘 못 가르친다, 배울 만큼 배운 것 같다, 혼자서 해도 잘 할 수 있다, 등등 둘러댈 핑계와 변명은 많았다. 그럼에도 불구하고 하고 싶은 건 많아서 이것저것 시도도 했지만, 어느 것 하나 제대로 해낸 것이 없었다. 고양이가 털 뭉치를 가지고 놀 듯 툭, 툭. 이거 조금, 저거 조금. 수박 겉핥기라는 말은 날 위해 생겨난 말이라 해도 과언이 아니었다.

이런 내가 집에서도 귀염을 받았을 리 없다. 내겐 3살 어린 여동생이 있는데 동생은 공부도 반에서 손에 꼽을 정도로 잘했고 똑 부러지는 성격에 예쁘기까지 했다. 그런 동생과의 비교는 피할 수 없는 일이었다. 학교 성적도 어중간하고, 성격도 두리뭉실하고, 평범한 외모에 키나 발도 평균 사이즈인 나와 달리 동생은 토끼 같은 얼굴에 날씬한 몸매, 거기다 패션센스도 좋아 어디에서나 주목을 받았다. 난 언제나 자격 미달의 부족한 언니일 뿐이었다.

하지만 이런 내게도 내가 특별하다고 느끼는 순간이 있었다. 어릴 적 살던 집은 방 한쪽 벽이 모두 책이었는데 위인전부터 시작해서 만화로 된 교육 서적, 외국 동화, 세계 문학, 각 나라를 설명해주는 책도 있었다. 장르를 가리지 않는 탓에 이것저것 많이도 읽었지만, 그중에서도 가장 좋아했던 건 세계 문학이었다. 그중에서도 『15소년 표류기』, 『잃어버린 세계를 찾아서』, 『80일간의 세계 일주』와 같이 주인공이 고비를 헤쳐 나가는 책을 좋아했다. 용기 있고 자신감 넘치는 특별한 주인공들을 보며 대리만족이라도 하려 했던 것이었을까. 그 책들을 여러 번 읽다가 지겨워질 때쯤이면 집 앞의 작은 서점에 가곤 했다. '하늘천따지'라는 이름의 동네 서점이었는데 베레모를 쓴 신사 같은 모습의 주인아저씨가 있는 곳이었다. 사지는 않으면서 읽기만 한다고 혼이 날까 봐 서점 가장 안쪽 구석에 자리를 잡고 앉아 책을 읽다 보면 어느새 저녁이 되곤 했다. 그제야 최대한 아무렇지 않은 척, 살금살금 눈치를 보며 나가려고 하면 주인아저씨는 오히려 예쁘다는 듯 다정한 눈빛으로 다음에 또 오라고 말해 주곤 했었다.

그곳에서만큼은 내가 특별해진 것만 같았다.

세상에는 다양한 사람들이 존재한다. 자신이 가야 할 길을 알고 똑바로 나아가는 사람이 있는가하면 살짝 부는 바람에도 휘청이며 흔들리는 사람이 있다. 빛나는 사람이 있으면 그늘이 짙은 사람도 있고, 애쓰지 않아도 척척 잘 해내는 사람이 있는가하면 하나를 하더라도 온갖 애를 다 써야만 하는 사람도 있다. 나는 대체로 후자에 해당했고 언제나 전자에 속하는 사람들을 부러워하곤 했다.

나는 항상 이런 식이었다. 무언가를 먹고 있으면서도 내가 왜 이걸 먹고 있을까 생각했고 책을 사면서도 이걸 잘 읽어낼 수 있을지 고민했다. 여행을 가서도 수많은 곳 중 왜 이곳으로 여행을 왔는지 이유를 설명할 수 없어 그냥이라고 말했고 누군가를 만나면서도 과연 내가 이 사람을 사랑하고 있는 것이 맞는지 매번 의문을 품었다. 뚜렷한 이유도 목적도 없었다.

보이지 않는 무언가에 조종당하고 있기라도 한 걸까. 그게 아니라면 왜, 행동의 주체인 내가 아무런 답도 이유도 찾지 못하는 걸까. 다른 사람들은 언제나 자신만의 생각이 명확했다. 평생 꿈꾸던 나라였기에 이곳으로 여행을 왔다든지, 좋아하는 작가의 책이 출간돼서 읽고 싶었다든지 사소하든 거창하든 그들에게는 이유가 있었다. 그들을 따라가다 보면 나도 이유 하나 정도는 생기려나. '너 자신을 알라'는 말도 있는데 언제나 나는 내가 가장 어려웠다. 주관이 뚜렷하고 분명한 사람들이 부러웠고 닮고 싶었다. '어영부영', '어정쩡', '그냥', '글쎄'와 같은 세상의 모든 애매모호한 단어들이 따라붙는 내가 아니길 바랐다.

빨리 돈을 벌어 자립하고 싶었던 나는 4년제 대학에 가라던 부모님의 말과는 달리 전문대 진학을 선택했다. 그나마 호텔이나 항공 쪽에 관심이 있어 관광학과에 들어갔지만, 관련 직업은 일찌감치 포기한 상태였다. 나보다 예쁘고 잘난 애들은 넘쳐났으니까. 제대로 시도조차 해 보지 않았지만 이미 나는 불가능하다고 생각했고, 결국 전공과는 아무런 관련이 없는 곳에서 일하게 되었다. 동기 중 취업을 못 하고 가장 마지막까지 남아있던 나는 서둘러 취업을 했는데, 뭐든 첫 단추가 중요하다고, 급하게 한 취업이라 그런지 직장 생활이 잘 풀리지 않았다. 전화 상담원으로 시작해 여러 직장을 짧게 전전했다. 이력서에도 적기 부끄러울 정도의 짧은 경력들과 함께 나는 나 자신을 이것도 저것도 아닌 어중간한 사람으로 만들어가고 있었다.

　　실패도 어중간한 것도 무섭지 않았다. 두려웠던 건 '아무것도 하지 않는 상태' 뿐이었다. 뭐라도 하지 않으면 이 세상에 내가 발 디딜 곳은 없을 것만 같았으니까…….

　　죽으라는 법은 없는지 어느 병원의 계약직으로 일하게 되었다. 제대로 된 첫 월급을 받아 첫 월세를 냈을 때, 이렇게만 해 나간다면 특별하진 않아도 꽤 어른다운 사람은 될 수 있지 않을까 생각했다.

　　병원에서 일하던 그때, '선생님'이라는 호칭이 주는 느낌은 꽤 근사했다. 내가 마치 뭐라도 된 듯했고 대우 받는 느낌이었다. 그래서였을까, 나는 남들과는 달리 특별하리라 생각했던 건…….

**어쩌면
위로가
되지 않을까 해서**　15

같은 부서에서 일하던 사람 중에 곧 삼십 대에 접어드는 언니가 있었다. 입사 동기에다가 죽이 잘 맞아 친하게 지냈는데 언니와 나는 공통점이 많았다. 알고 보니 같은 학교의 같은 과를 나왔고 언니 역시 전공을 살리지 못하고 일을 하고 있었다. 처음엔 그런 언니를 이해했지만, 시간이 지날수록 언니처럼은 되지 말아야겠다고 생각하곤 했다. 참 웃기지, 내가 뭐라고. 평범하기로는 두말할 것도 없고 어중간한 내가 누구처럼 되지 말아야 한다고 생각하다니. 언니가 이 사실을 안다면 화가 나 뒤집어질지도 모를 일이다.

내가 생각한 서른은 그랬다. 서른이라는 나이쯤이면 번듯한 직장에 능력도 있고, 돈에 치이지도 않고 어디서든 당당해야 한다고 생각했다. 내 생각과는 다른 언니의 모습은 실망스러웠고 언니와 비슷한 점이 많은 나도 그저 그런 어른이 되지 않을까 무서워졌다.

서른쯤이 됐을 때 내 모습이 실망스럽지 않게 시시한 어른 따윈 되지 말아야지, 그렇게 스스로 다짐 아닌 다짐을 했다. 그것이 가장 어려운 일인지도 모른 채.

2. 어느새 시들

겨울이 가고 나면 봄이 온다. 휴가에 들뜨던 여름이 지겨워질 때쯤이면 선선한 바람이 부는 후드 티의 계절이 왔으면 하고 바라는 것처럼, 현재는 시들해지고 어느새 나중의 것들을 기다리고 있는 내가 있다. 계절마저도 이런데 하물며 내가 하는 일이나 만나는 사람들 그리고 사랑도 그러지 않으리라는 법은 없겠지.

회사생활을 한 지 1년이 넘어가고 있을 때쯤, 나는 조금씩 가라앉고 있었다. 물이 차오르는 구멍 뚫린 배를 탄 채로 넓은 바다 한가운데에 떠 있는 것만 같았다. 꿈과 계획들은 점점 희미해지고 나는 반복되는 일상에 무감각해지고 있었다. 살아가기보다는 살아낸다는 말이 어울리는 의미 없는 하루하루가 지나갔다. '내가 가진 것에 감사하라'라는 말도 있지만, 그것만큼 어려운 게 없었다. 반복되는 일상에 감사함은 고사하고 도대체 내가 가진 것이 있긴 하냐며 저런 건 다 헛소리라고 생각했다. 아침에 눈을 뜨는 일이 지옥처럼 느껴졌고 차라리 아파서 입원이라도 했으면 좋겠다고 생각한 날들도 헤아릴 수 없을 만큼 많았다. 퇴근 시간만 기다리며 시계를 쳐다보는 일이 허다했고, 사람들을 만나고 대화하는 것조차 체력낭비로만 느껴졌다. 사랑하는 것에 있어서조차 여유는 없었다.

　나는 무언가를 놓치고 살고 있었다.

　내겐 연례행사처럼 하는 일이 한 가지 있었는데 그건 바로 A4용지 한 가득 계획들을 적어 이곳저곳에 붙여 놓는 것이었다. 쭉 붙여놓고 바라볼 때면 이번만큼은 꼭 다 이뤄낼 수 있을 거라는 자신감과 새로운 사람이 될 것만 같은 설렘이 들었다. 종이 안에는 사소한 것에서부터 꽤 거창한 것까지 있었지만 매년 비슷한 것들이 반복해 등장했다. 즉, 매년 이루지 못했다는 것이다.

　9월, 가을바람이 선선히 불어올 때쯤이면 계획이 빼곡히 적힌 A4용지를 멍하니 바라보며 이런 생각을 한다. '시간 참 빠르다, 벌써 가을이라니, 그런데 아직 계획대로 해낸 게 하나도 없네, 또 이렇게 1년이 지나가는 건가.' 그럴 때면 정말이지 씁쓸함이 온몸을 뒤덮는다. 나는 음식을 먹을 때도 처음에는 급하게 먹다가 갑자기 배가 불러서 중간쯤 숟가락을 놓는 사람이었고, 달리기할 때도 처음엔 죽자사자 뛰다가도 후반으로 가면 지쳐 떨어졌다. 공부하려고 산 책은 언제나 첫 파트만 더러웠고 그 이후는 거의 새 책과 다름없었다. 계획도 그랬다. 시간이 지나갈수록 빛이 바래버렸다. '뭐 때문에 이렇게까지 해야 하는 걸까.', '열심히 한다고 해서 내 삶이 바뀌는 게 과연 있기는 할까.'하는 생각이 스멀스멀 기어오른다. 매년 어찌 이리도 똑같은지 소름이 끼칠 지경이다. 사람은 참 변하기 어려운가보다 싶다가도 이런 내가 한심하게만 느껴졌다. 계획만 거창한 빛 좋은 개살구 같았으니까.

"아이스 아메리카노 하나 주세요."

단골 커피숍이 있었다. 30대 초반의 단발머리 언니가 하는 가게였는데 집 앞 골목에 있는 곳이라 매일 들르곤 했다. 내가 커피에 빠지게 된 건 선풍적인 인기를 누렸던 '커피프린스'라는 드라마 때문이었는데, 바리스타에 대한 로망을 가지게 해준 드라마이기도 했다. 하지만 현실은 언제나 상상과는 달리 쉽지 않았다. 카페에서 아르바이트한 적이 있었는데 커피 향이 가득한 카페는 좋았지만, 기계적으로 커피를 내리는 일에서 재미를 느끼긴 힘들어 결국 지겹다며 그만두고야 말았다. 그만두는 건 이제 그리 놀랄 일도 아니었다.

바리스타가 되고 싶었던 적이 있다는 내 말에 언니는 "취미로 핸드드립이라도 배워보지 않을래?"하고 물었다. 그렇게 시작된 핸드드립 취미반 수업. 인내심 연습을 시키는 것인지, 언니는 시간을 들여 천천히 커피를 내리라고 했다. 기계로 내리는 빠른 방식에 익숙해져 있기도 했고, 워낙에 급한 성격을 가진 나로서는 천천히 시간을 들여 커피를 내리는 일이 곤욕이었다. 처음에는 원두를 적당한 크기로 분쇄해야 하는데 너무 굵거나 고우면 커피가 가진 맛을 충분히 내지 못하기에 적당한 크기로 분쇄하는 것이 제일 중요하다고 했다. 그런 다음 적당한 온도의 물을 붓고 뜸을 들인 후 일정한 물줄기로 커피를 내린다. 처음에는 '커피 한 잔 마시는데 뭐 이렇게 번거로워?'라고 생각했지만, 커피를 내리는 횟수가 늘어날수록 핸드드립의 방식에 빠져들었다. 시간을 들여 내린 따뜻한 커피는 어쩐지 위로가 되었다. 서두르지 않고 시간을 들이는 것, 살아가는 것도 커피를 내리는 일과 다를 게 없겠다 싶었다.

모든 것이 시들해지던 그때 내게 유일한 '시간을 들인 일'이었다.

2년간 다니던 회사를 그만두었다. 결국 저질러 버린 것이다. 누구에게도 말하지 않았다. 아니, 말하지 못했다는 것이 더 맞는 말이겠다. 친구들과 부모님에게 "나 그만뒀어."라는 말을 아무렇지 않은 척 웃으며 내뱉을 자신도, "또 그만뒀냐."는 말을 아무렇지 않게 받아들일 용기도 없었다. 근 2년간 익숙해진 동네를 떠났고 매일 커피를 내려주던 언니도 더는 만날 수 없게 되었다. 사랑하는 사람과도 헤어졌다. '우린 잘 안 맞는 것 같아.'라는 말도 안 되는 핑계를 주절거리며 2년이 넘는 연애에 마침표를 찍었다. 다이어리 속, 계획을 잔뜩 써놓은 종이도 찢어버렸다. 엉망진창, 뒤죽박죽. 앞으로 뭘 해야 할지, 나는 무엇을 하고 싶은 건지, 도대체 나는 지금 왜 이러고 있는지조차 알 수 없는데 계획이 다 무슨 소용이란 말인가. 그저 빨리 무언가를 이뤄야겠다고 생각했던 날들이었다. 정확히 무엇인지도 모른 채 일단 뭐든 해야 한다고 여겼다. 빨리 인정받고 싶었고 자리 잡고 싶었다. 하지만 급했던 만큼 시들해지는 것도 순식간이었고 몸도 마음도 빨리 피곤해졌다. 커피도 천천히 시간을 들여야 제대로 된 커피의 맛과 향을 느낄 수 있는데 하물며 사람은 오죽할까. 나는 시간을 들여 스스로를 마주 본 적이 없었던 거였다.

자신만의 페이스에 맞춰 달려야 하는 장거리 달리기 경주에서 나는 혼자서 단거리를 뛰고 있었다. 그것도 아주 힘껏.

내가 할 수 있는 거라곤 한 걸음 물러나는 것밖에 없었다. 고작 그것밖에 안 되는 사람이냐며 의지가 없다고 비웃어도 상관없었다. 이 상태를 어떻게든 유지하려고도 해봤고, 기를 쓰고 참아보려고도 해봤지만 모두 불가능했다. 그래서 무작정 앞으로 나아가기보단 뒤로 한걸음 물러나기로 했다. 내게 이런 말을 한 사람이 있었다. "부단히도 애를 써야 발 한쪽이라도 이 땅에 붙이고 살아갈 수 있어." 하지만 난 그 말을 부정하기로 했다. 세상에 애를 쓴다고 해서 이루어지는 것들은 생각보다 많지 않았으니까 말이다.

커피를 정성 들여 내리는 것처럼 내게도 시간을 들여 봐야지, 이제 그만 쉬어가자.

3. 캐리어를 끌고 혼자

여행을 꽤 많이 다녔다. 주로 배낭을 메고 혼자 하는 여행이었는데, 캐리어라는 편리한 물건을 왜 쓰지 않았는지는 지금도 모르겠다. 배낭이 주는 홀가분한 느낌이 좋았던 것이었을까. 여행을 떠나는 데는 배낭 한 개, 그리고 여행을 떠날 체력이면 충분했다. 강릉, 순천, 여수, 전주, 가평, 부산, 거제도, 남해, 합천 등 꽤 곳곳을 많이도 돌아다녔다. 사는 것이 팍팍하게 느껴질 때면 여행은 위로가 되어주곤 했다. 요즘은 배낭이 아닌 캐리어를 주로 챙기지만, 여전히 여행 전 짐을 챙기는 순간이 가장 설렌다.

캐리어에 대해 유난히 기억에 남는 순간이 있다.

첫 번째는 스물일곱, 내 인생 첫 해외여행을 앞두고 짐을 챙기던 때였다. 해외여행을 가는 사람들을 보며 부러워만 하던 내가 도쿄로 떠나기로 했다. 특별한 이유가 있어서 그곳을 첫 여행지로 선택한 것은 아니었다. 대학을 졸업하고 도쿄에서 자리를 잡은 동생이 있었는데 매번 놀러오라고 했지만 바쁘다, 시간이 없다, 비행기 표가 비싸다는 등의 이유로 가지 못했다. 동경하던 일이었지만 낯선 나라로 간다는 것은 내겐 꽤 용기가 필요한 일이었기 때문이었다. 그러나 "이번에 안오면 다시는 연락

안 합니다, 정말."이라며 강수를 두는 동생의 말을 이번에는 무시할 수가 없었다. 또다시 미루면 정말 다시는 보지 않을 것 같은 단호한 말투였기 때문이다.

캐리어를 펼쳐놓고 며칠을 고민했다. 어떤 옷을 가져가야 사진 찍을 때 예쁘려나? 편한 옷도 있어야 하니까 이것도 챙겨가야지. 옷에 맞게 고른 단화는 많이 걸으면 발이 아프겠다 싶어 또 운동화를 추가한다. 평소에는 귀찮다고 약속 있는 날이 아니면 잘 쓰지도 않던 색색깔의 화장품까지 한가득 챙긴다. 왠지 다 필요할 것 같아서였다. 고작 1시간 조금 넘는 비행에 책 읽을 여유가 있긴 할까 싶지만, 아쉬우니까 책도 한 권 넣어본다. 짐을 넣고 빼기를 몇 번 반복했는지 모른다. 가져가야 할 것들은 많았는데 그중 무엇을 추려야 할지 알 수 없었다. 결국 출국 전날까지도 캐리어 위엔 옷과 온갖 잡동사니들이 한가득 쌓여있었다. 배낭 하나로도 며칠씩 여행을 다니던 내가 이럴 수가! 나이가 들수록 짐도 같이 늘어나는 걸까? 그래도 나름 미니멀 라이프를 추구하는 사람인데? 물건을 이고 지고 사는 게 싫어 필요 없다 싶으면 곧잘 쓰레기통에 버리던 내가!! 사는 것도 팍팍해 죽겠는데 집에 물건들까지 이고지고 살지 말자며 친구한테 외치던 내가 이럴 줄이야.

필요함을 가장한 불필요한 것들이 여전히 내 주변에 잔뜩 쌓여 있는 것이 분명했다. 고작 여행가방 하나 싸는데도 이렇게 짐이 넘쳐나는 걸 보면 말이다.

두 번째는 수능을 친 후 혼자 대구로 올라가던 날이다. 대구에 좀 익숙해질 겸 해서 친구들보다 조금 서둘러 대구로 올라왔다. 같이 가자는 부모님의 말에도 굳이 혼자 가겠다며 초등학생 몸집만 한 캐리어를 끌고 기차에 올랐다. 아마 더는 부모님의 보호가 필요한 애가 아니라는 걸 증명하려 했는지도 모른다. 자리에 앉아서도 내내 캐리어 손잡이를 만지작거리며 손을 떼지 못했다. 크기가 큰 탓에 혹시나 다른 사람들에게 피해가 갈까 걱정되기도 했고, 캐리어가 분실될지도 모른다는 불안감도 있었다. 내 열아홉 인생이 캐리어 하나에 전부 들어있었다.

창밖을 내내 바라보다 슬슬 지겨워질 때쯤 사람들을 살펴보기 시작했다. 정차하는 역마다 타는 사람들은 제각각의 짐들을 들고 기차에 올랐다. 귀찮은 것은 질색이라는 듯 가방 하나 메지 않고 탄 사람도 있었고 나처럼 꾸역꾸역 눌러 담은 듯한 캐리어를 끈 사람도 보였다. 무슨 생각을 하는지 창밖만 가만히 응시하는 사람도 있었고 이어폰을 끼고 아무것도 상관하기 싫다는 듯 팔짱을 낀 채 눈을 감고 있는 사람도 있었다. 다 똑같은 사람인데 어쩜 이리도 다 제각각일까. 이 사람들의 눈에는 내가 어떻게 비쳤을까, 어쩐지 궁금해졌다. 그저 모든 것이 신기한 사람 같아 보였을까? 짐을 잃어버리기라도 할까 노심초사하는 것으로 보였을까? 아니면 그저 기차 시간이 길어 지루해 견딜 수 없다는 듯 보였을까. 이 길을 10년이나 수시로 왕복하게 될 줄 그땐 몰랐다. 캐리어를 끌고 홀로 대구로 올라가던 소녀는 어느새 나이 앞자리가 2에서 3으로 바뀌었지만, 그때나 지금이나 나의 캐리어는 달라진 것이 없다. 여전히 짐으로 가득하다. 어른이 되면 뭐든 쉽고 가벼워질 줄만 알았던 어린 소녀의 생각은 틀렸다. 오히려 더욱 어렵고 불필요한 것들로 가득 차 있기만 하다.

나이가 들고 어른이 되면 많은 것들에 유연해지고 힘든 일들도 쉬이 넘길 수 있을 거라고 생각했지만 착각이었다. 오히려 좋아하는 것들은 점차 사라지고 많은 것들을 포기해야 하는 게 어른이 되는 일이었다. 아무도 내색하지 않았기에 몰랐던 거였다. 그 와중에도 일상은 계속 반복되고 있었다. 누군가를 만났고 일은 계속되었다. 나만의 시간은 꿈속에서나 존재하는 것이었고 나를 위하기보단 항상 다른 누군가를 위하는 일에 익숙해져 갔다. 목적도 의미도 없이 그저 흘러가는 대로 살았다.

나는 사람 만나는 일을 좋아했다. 친구와 나누는 소소한 수다를 좋아했고 돌아다니는 걸 좋아하는 탓에 여행도 즐겼다. 하지만 세월이 지날수록 보고 싶은 사람들을 보는 날보다 만나야만 하는 사람들을 보는 날들이 늘어갔다. 필요 이상의 말을 하고 억지로 웃거나 감정을 숨기기도 해야 했다. 그래서였을까, 언제부턴가 사람이 많은 곳은 피하는 경향이 생겼고 여행이라도 갈라치면 큰 마음을 먹어야만 가능했다. 피곤하고 귀찮기만 했다. 모든 일이 감정과 체력을 낭비하는 불필요한 일처럼 느껴졌다. 살아있지만 죽은 사람과도 같은 상태. 의미를 찾을 수 없어 공허함에 시달렸고 사랑하면서도 불안했다.

어쩌다가 이렇게 변했을까! 내 열정은 사라진 게 분명했다. 열정을 되찾고 싶었다. 거창하거나 특별하지는 않더라도 그저 하루하루를 제대로 살아내고 싶었다. 가장 기본적인 것부터 말이다.

침대에 누워 몇 시간을 뒤척이다 억지로 잠이 드는 게 아닌 편한 상태로 잠들고 싶었다.

10분 간격으로 울려대는 시끄러운 알람 소리 대신 자연스럽게 하루를 맞이하고 싶었다.

때가 돼서 시간에 쫓기듯 음식을 먹는 것보다는 충분히 그 맛을 느끼며 먹고 싶었다.

웃을 일이 있으면 실컷 웃어버리고 슬픈 일이 있으면 아이처럼 울기도 하면서 감정에 충실해지고 싶었다. 온전히 나를 바라보고 느끼며 남들이 원하는 기준이 아닌 내가 원하는 기준을 만들고 싶었다.

그것이 내가 바라는 유일한 것이었다.

4. 충분하다 생각했다

4번의 이직과 2번의 졸업 8번의 이사.

할 수 있는 최선을 다했다고, 더는 내가 할 수 있는 것은 없다고 생각했다. 어릴 적, 나는 내가 전형적인 대기만성형일 거라고 믿었지만 대기만성은 개뿔, 어중간하기 그지없고 평범한 사람. 그 이상이 될 수 없었다.

많으면 많고 적으면 적다고 할 수 있겠지만 4번의 이직은 20대 나의 삶을 통째로 흔들어 놓기 충분했다. 친구들 모두 공부를 하거나 휴학을 했고 자신만의 길을 찾기 위해 애쓰고 있을 때 나는 일찍부터 사회생활을 시작했다. 하루라도 빨리 자립하고 싶다는 생각으로 가득했으니 소원이 이루어진 거라 해야 할지도 모르겠다. 처음에는 상담원으로 시작해서 병원, 건설회사, 백화점으로 직장을 옮겼다. 물론 지금은 또 다른 곳에 다니고 있다. 딱 봐도 알 수 있듯이 분야도 모두 제각각이었다. 그만큼 그때의 나는 '돈을 버는 일'에만 치중했었다. 내가 원하는 게 무엇인지, 앞으로 뭘 하고 싶은지, 왜 돈을 벌고 싶은지, 또 그 돈을 어떻게 쓰고 싶은지 고민해 보지도 않은 채 그저 일하는 것만이 유일한 길이라 생각했다. "네 나이 때는 돈 상관하지 말고 하고 싶은 건 다 해 봐, 그러다 나중에 후회해." 주변에서 많이들 하던 말이었지만 나는 돈을 벌다 보면 언젠가는 다 할 수 있다고 생각했다. 돈이 있어야 하고 싶은 것도 할 수 있을테니까. 그런데 돈이란 것이 참 웃기기도 하지, 잡으려고 애쓸수록 사라지기 일쑤였다.

누구보다 열심히 살아왔다고 생각했지만 4번의 회사를 옮기면서 내게 남은 것이라곤 빚뿐이었다. 빚이 생기는 건 순식간이었다. 어쩌다 빚을 지게 됐는지 이제는 경위조차 기억나지 않을 정도니까 말이다. 결국, 내게 그 '언젠가'라는 날은 오지 않았고 회사에 적응하고 나면, 돈 좀 모으고 나면, 조금 안정되고 나면이라는 말들로 아까운 시간을 모두 낭비하고 말았다.

10년간의 자취생활 중 딱 한 번, 짐을 몽땅 싸서 고향에 내려간 적이 있었다. 두 번째 졸업식을 앞두고 있을 때였다. 나는 학교를 두 번 졸업했다. 전문대를 졸업한 후 일을 시작했지만 이대로는 안 되겠다 싶은 마음에 4년제 대학에 편입을 했기 때문이다. 친구들 모두 자신의 미래에 대해 진지하게 고민할 때 나는 나만의 세상에 갇힌, 우물 안의 개구리와 같았다. 물론 처음엔 꽤 자부심이 있었다. 누구보다 빠르게 사회생활을 시작했다는 것, 그것만으로 이미 어른이 된 듯했기 때문이었다. 하지만 시간이 가면 갈수록 내 안의 무언가가 조금씩 무너져갔다. 남들보다 일찍 시작한 사회생활도 돈도 의미가 없었다.

세상이 아무리 변했다 할지라도 4년제 졸업생이 판치는 세상에서 내가 설 자리는 없었다. 괜한 자격지심이었을지도 모르지만, 편입을 결정한 것은 도박이었다. 공부도 해야 했고 돈도 벌어야 했으며 사람도 만나야 했다. 세 마리 토끼를 모두 잡고 싶은 마음에 두 개의 아르바이트를 병행하면서 학교에 다녔다. 이렇게 말하면 엄청 성실한 사람이라고 생각할 것 같아 미리 말하지만, 성적은 좋지 않았다. 또다시 이거 조금, 저거 조금, 툭툭 건드려 보기가 시작된 것이다. 결국 남은 거라곤 어중간한 성적표와 졸업장뿐이었다. 이러려고 편입까지 해가며 다시 학교에 다닌 게 아니었는데 도대체 무슨 이유로 다시 공부를 시작했는지 내 선택에 의문이 들었다. 편입을 결정했던 건 단지 학생이라는 신분으로 위장해 우울한 현실에서 벗어나고 싶어 선택했던 게 아니었을까 하고…….

나이가 들면 자연스레 뭐라도 될 거라 착각했던 걸까, 아니면 나만큼은 특별한 사람이 될 거라 믿었던 걸까. 또다시 세상의 모든 애매모호하고 어중간한 단어들이 내게 따라붙기 시작했다.
'이 정도면 됐어……. 그만 돌아갈래.' 그렇게 도망치듯 고향으로 내려갔다.

오랫동안 혼자 살던 버릇이 들었던 나는 고향 집이 불편했다. 노크도 없이 불쑥 문을 열고 들어오는 가족들이, 프라이버시가 없는 내 방이 불편했고 서로의 기분을 맞추고 이해해야 하는 것이 힘들었다. 그중에서도 제일 견딜 수 없었던 건 나를 보는 부모님의 눈빛이었다. 부모님이 출근하는 아침에 늦잠이라도 자면 아무짝에도 쓸모없는 사람이 된 듯했고 빌어먹을 빈대가 된 듯한 기분이었다. 뭐라도 해야만 했다. 아침 운동을 시작했다. 헬스장은 끊지 않았다. 언젠가 석달치를 한꺼번에 끊으면 싸다는 말에 혹해서 석달치를 결제했다가 몇 번 가지도 않고 날려버린 기억이 떠올라서였다. 남들이 출근하는 시간이면 나 역시 뭐라도 해야 했기에 모자만 푹 눌러쓴 채 공원으로 향했고 그렇게 몇 바퀴를 돌고 돌아오면 집에는 아무도 없었다.

프랑스에는 '빈 공간이 없으면 아무것도 없다.'라는 속담이 있다. 살다 보면 무언가를 채우는 것도 중요하지만 사실 빈 공간, 즉 틈을 만드는 것 또한 중요하다는 말이다. 잘 쉬지 않으면 일상생활을 하기 힘들며, 틈이 없는 톱니바퀴는 돌지 못하고 멈춰버리는 것처럼 모든 것엔 틈이 있어야 했다.

그런데 틈이 없는 톱니바퀴가 바로 나였다. 무언가를 계속해야만 한다는 강박관념 비슷한 게 있었다. 누가 시킨 것도 아닌데 꼭 무언가를 해야 할 것 같았고 아무것도 하지 않는 상태가 불편했다. 주말을 앞두고 매번 하는 말이 있다. '이번 주말에는 집에 딱 박혀서 아무것도 안 해야지.' 눈치챘겠지만 그래 본 적이 없다. 눈을 뜨면 어질러진 방이 거슬려 청소기를 밀고 빨래도 한다. 컨디션이 좋으면 욕실 청소까지 할 때도 있다. 침대에 가만히 누워있는 시간이 아까워 괜스레 옆에 있는 책을 몇 장 읽다가 내려둔다. 언제 갈 수 있을지도 모르는 여행계획을 세워보기도 하고 주섬주섬 옷을 챙겨 입고는 카페에 가거나 영화를 보고 친구를 만난다. 쉴 때조차 끊임없이 무언가를 하려고 했다. 침대에 누워 멍 때리거나 아무것도 안 하고 가만히 있으면 좀이 쑤시는 게 체질인지, 나조차도 이해할 수 없을 때가 많았다. 빈틈없이 채우려고 하다 보니 꽉 맞물려 이상한 소리가 나고 버벅거리는 멍청한 기계 같았다. 더는 무언가를 받아들일 여유나 공간 따윈 없었다. 천천히 시간을 들여 나를 살필 줄도 몰랐고 불필요한 것들을 덜어내기는커녕 꾸역꾸역 삼켜내고 있었다.

그렇게 내 삶은 더욱 공허해져만 갔다.

무엇이 그리도 무서웠을까.
무엇이 그리도 무서워 나를 살필 시간조차 주지 못했을까.

5. 날 좀 내버려둬

"아무거나 돼."

'한끼줍쇼'라는 예능 프로그램이 있다. 이경규와 강호동이 메인 MC
로 있는 프로그램인데 게스트와 함께 아무 집이나 초인종을 눌러 한 끼
를 얻어먹는 프로그램이었다. 예능을 잘 보지 않는 탓에 크게 관심이 없
었는데 이효리가 나온다는 말에 챙겨본 적이 있다. 나는 이효리를 꽤 좋
아한다. 언제나 당당하고 자신만의 소신 있는 태도가 마음에 들어서였
다. 이경규가 지나가는 아이한테 묻는다. "커서 뭐가 되고 싶니? 훌륭한
사람이 돼야지?" 옆에 있던 이효리가 말한다. "되긴 뭘 돼!, 아무거나 돼!
아무거나 돼도 괜찮아." 아무거나 돼도 괜찮다니. 가슴 속에서 무언가
치밀어 오르는 것만 같았다.

　존재 자체만으로 빛나던 아이는 자라면서 선택을 강요당하기 시작한
다. 시작은 돌잡이 때 무엇을 집을지 또는 엄마가 좋은지 아빠가 좋은
지 같은 단순한 것들부터다. 시간이 지나면 나름의 충고까지 곁들여진
다. 성인이 되면서 스스로 결정하고 선택하는 일이 많아지지만, 이상하
게도 간섭과 충고에서는 벗어날 수가 없다. 회사를 그만둘 때마다 듣던
소리가 있다. "회사 그만두면 뭐 먹고 살려고 그래?", "앞으로 계획은 있

어? 어떻게 할 건지 생각을 하고 그만둬야지." 등등. 아니 그만둔 건 난데 다들 한마디씩 하고 싶어서 기다리고 있는 건 아닐까 싶었다. 군말 없이 회사를 잘 다니고 있으면 이런 소리들을 한다. "네 나이 때는 안일하게 있으면 안 돼. 뭐든 하려고 노력해야지, 뭐라도 좀 배워봐!", "퇴근하고 집에만 있지 말고 운동도 좀 하고! 움직여야 살이 안 쪄." 이런 말을 듣는 것도 한두 번이지, 이젠 나도 지겹다, 지겨워! 잘하든 못하든 반복되는 말들은 그나마 가지고 있던 자존감마저 낮아지게 만들었고 예민함은 날로 늘어만 갔다.

그냥 날 좀 내버려 뒀으면 좋겠다는 마음뿐이었다.

헐렁한 후드 티셔츠나 박스 티셔츠를 좋아한다. 꾸미고 싶은 날이나 모임에 가야 할 일이 있으면 캐주얼 정장을 즐겨 입지만 고향에 내려갈 때면 약 2시간 거리를 가야 하는데 불편한 옷은 입고 싶지 않아 가장 편한 옷차림을 선호한다. 그렇게 편한 옷을 입고 내려가면 어김없이 또 한마디가 날아온다. "아가씨가 돼서 옷을 왜 자꾸 그렇게 입고 다녀, 예쁜 옷 좀 사 입어라." 집에 오는 데조차 이런 말을 들어야 하다니. 어김없이 한숨이 나온다. 딸이 언제나 예쁘게 하고 다녔으면 하는 부모님의 마음은 충분히 알고 있지만 이런 것들은 언제나 나를 부정당하는 느낌을 주곤 했다. 사랑하기 때문에 간섭하게 되고 잔소리를 하게 된다지만 지나친 관심은 부담으로 느껴지기도 하니까.

나는 누군가 내 삶에 파고들길 원하지 않았다. 가까울수록 오히려 어느 정도의 거리가 필요하다고 생각했고 사랑할수록 나만의 시간을 더욱더 바랐다. 이건 단지, 모든 상황에서 나를 잃지 않길 바랐기 때문이었다. 잠깐이라도 눈을 돌리면 이 어지러운 세상에서 금방이라도 나를 잃어버릴 것만 같았다. 안정된 직장, 안정된 결혼, 안정된 경제력, 도대체 '안정된 것'이란 무엇을 말하는 건지, 누가 정한 건지 알 수가 없다. 오히려 '안정'이란 단어는 내게 '구속'과 같이 느껴졌다. 그래서 그렇게 겉돌았는지도 모르겠다. 어중간하더라도 자유로운 상태. 한 색깔을 띠는 사람일 바에야 다채로운 사람이 되길 바랐다. 사람들이 말하는 '안정된 것'이 답일지도 모르지만, 후회는 없다.

나는 내가 원하는 대로 다채롭게 살아갈 테니까.

지금 누군가 내게 커서 뭐가 되고 싶냐 묻는다면 나는 되물을 것이다.
"당신은 무엇이 되고 싶었나요?"
그럼 당신은 무슨 말을 할까. 나 또한 무슨 대답을 할 수 있을까. 어릴 적 나는 우주비행사가 되고 싶었어요. 라고 말한다면 당신은 믿어 주려나. 허무맹랑한 소리라며 그것보단 의사나 변호사가 더 좋을 것 같다고 말할지도 모르겠다. 물론 의사나 변호사는 아주 좋은 직업이지만 그것은 어쩌면 당신에게만 좋았던 것이었을지도 모른다. 우주비행사가 되고 싶다는 말을 지켜주고 싶었다면 섣부른 간섭과 충고보다는 "더는 우주비행사는 되고 싶지 않아."라고 말할 때까지 기다려 주었어도 괜찮았을 테니까 말이다. 그랬다면, 당신도 나도 조금은 달라져 있지 않을까.

내가 바라는 건 간섭도 충고도 아닌 나를 이해하고 믿어주는 것이었다.

그저 내가 하는 일들을 묵묵히 바라봐주고 가끔 어깨를 토닥여 주었으면 좋았겠다. 어쩌다 한 번쯤은 따뜻하게 안아도 주었으면 좋았겠다.

"잘하고 있어, 괜찮아."

이 한 마디면 충분했겠다.

이효리가 어린아이에게 한 말처럼 누군가 내게 "아무거나 돼."라고 말해줬다면 지금쯤 나는 달라져 있을까. 글쎄, 지금과 똑같을지도 모른다. 하지만 적어도 어떤 사람이 되던 스스로 만으로도 충분하다는 용기를 얻을 수 있지 않았을까. 그녀처럼 따뜻한 위로를 건넬 수 있는 사람이 되지는 않았을까.

나는 다른 누군가에게 "아무거나 돼."라고 말할 수 있을까.

6. 어른인 줄로만 알았던 나이, 서른

서른이라면 거창하진 않아도 특별한 무언가 하나쯤은 가지고 있어야 한다고 생각했다. 가장 불안한 나이가 서른인 줄도 모르고 무작정 서른이면 그래야 한다고 여겼다. 드라마를 보면 당당한 걸음걸이에 외모도 예쁘고, 차도 있고 직장에서도 잘나가는 여자들이 자주 나온다. 서른이 되면 자연스레 나도 그럴 줄 알았다. 하지만 그건 드라마에서나 가능한 일이었다. 허구다. 현실은 달랐고 난 여전히 몸집만 큰 어린아이에 불과했다.

고등학생 때 친구들과 이런 이야기를 한 적이 있다. 도로에 지나가는 모닝 자동차를 보고 "난 크면 저렇게 작은 차는 절대 안 타. 이왕이면 크고 좋은 걸 타야지. 일도 하는 어른이 돈도 있을 텐데 왜 저걸 타는지 이해가 안 돼." 우리들끼리의 철없을 적 이야기였다. 그만큼 서른이라면 큰 결정도 쉽게 내릴 수 있을 줄 알았고 무언가를 살 때도 돈 걱정은 하지 않을 거로 생각했다. 어른이니까, 많은 것들을 선택할 수 있을 줄만 알았다. 물론 지금은 그렇지 않다. 저 말을 하던 내가 지금은 그 차를 타고 있으니까.

이루고 싶은 게 많던 이십 대 시절이 지나가고 서른이 찾아오면 겁이 많아지기 시작한다.

　어릴 적 나는 정말 겁이 없었다. 놀이동산에 가서도 가장 무서운 것들만 골라 타고 남들은 보기도 힘들다는 무섭고 잔인한 영화도 재밌게 보던 아이였으니까. 하고 싶은 게 있으면 일단 하고 보자며 뭐든 했다. 하지만 실패는 점점 쌓여 갔고 상처는 계속해서 마음에 적립되었다.

　서울에서 네가 찾아온 날이었다. 오랜만에 만난 것 치고는 분위기가 꽤 진지했는데 꿈에 대한 이야기를 시작하면서였다. "넌 어떤 꿈이 있어?"라고 물어보는 네게 나는 비밀이라 말해줄 수 없다고 대답했다. 꿈을 말하는 것이 부끄러운 게 아니었다. 이렇게 사는 내가 부끄러워 말을 할 수가 없었다. 그런 날 보며 너는 이런 말을 했었지. "너도 어떤 물건을 사잖아? 그 물건이 마음에 무척 들었던 적도 있겠지만 기대보다 별로인 물건에 실망한 적도 있을 거야. 우리가 좋아하는 일도 똑같아. 일단 시작해보고 판단하는 거야. 그것이 내게 맞는 좋은 일인지 별로인 일인지 말이야. 마음에 들지 않는다면 반품한다는 생각으로 그만두면 되는 거야. 어려운 것도 없고 복잡할 것도 없어. 시작해봐."

　말하는 내내 너에게선 반짝반짝 빛이 났지만 나는 어느새 겁이 많아진 내가 안타까워졌다.

　무언가를 시작하는 것조차 큰 용기가 필요하고 어렵게만 느껴진다는 걸 너는 알고 있을까.

　서른이 된다는 건 이런 걸 두고 말하는 거였을까.

질문이 많아지기 시작했다. 예를 들자면 이런 것들이다. 어떻게 살아가야 하지? 어떤 게 잘사는 거라 할 수 있는 걸까? 지금 이 상태로도 괜찮은 걸까? 나만 뒤처지고 있는 건 아닐까? 꼬리에 꼬리를 물고 질문들이 이어진다. 모든 것들을 무시한 채 하고 싶은 일만 하기도 어렵다. 더는 힘들다는 핑계로 다짜고짜 회사를 그만둘 수도 없다. 그렇다고 일만 하고 살기에도 억울하다. 10대 시절에도 겪지 않았던 사춘기를 뒤늦게 겪는 건지 하루에도 수십 번씩 기분이 바뀌었다. 답을 내릴 수가 없었다. 해답을 내어줄 사람도 없다. 질문을 해봤자 "다들 그렇게 살아가. 뭘 유난스럽게 그래. 딱 그때, 서른만 지나고 나면 언제 그랬냐는 듯 똑같아져, 걱정하지 마."라는 대답만이 돌아올 뿐이었다. 위로인지 뭔지 정체도 모를 저따위 말은 듣고 싶지 않았다. 스무 살 그때나 서른인 지금이나 답은 스스로가 찾아내야 했다. 그러니 계속해서 묻고 또 물어야만 한다.

나는 나에게 묻고 싶다. "너는 지금 이대로 괜찮은 거니?"

우리는 자라면서 무언가를 하나씩 얻어왔다. 물질적인 것이든 또 다른 어떤 것이든……. 하지만 어른이 되어가면서 그것들을 천천히 토해내야 하는 것이 삶의 방식인 걸까. 하찮은 물건도 사라지면 불편하고 허전하기 마련이다. 그런데 그것이 사랑하는 사람이나 시간이라면 더 허무하고 공허하지 않을까. 친했던 친구들과는 점차 서먹해졌고 사랑하는 사람과는 이별했다. 웬만한 일들은 재밌게 느껴지지도 않는다. 맥주 한잔 편히 마실 사람이 없다고 하소연하는 나를 보며 지인은 "그래도 넌 친구가 많잖아."라고 말했지만 그건 잘 모르고 하는 소리다. 예전에는 딱히 사람이 없다며 하소연한 적은 없었다. 전화 한 통이면 만날 수 있는 사람들이 있었고 말하지 않아도 마음을 알아주는 그런 친구도 있었지만, 지금은 너무나 멀어져 버렸다.

할머니가 돼서도 같이 놀러 다니자던 친구나 결혼까지 생각했던 사랑도 너무 쉽게 사라져버렸다.

예전엔 할 수 없는 일도 기를 쓰고 애를 써가며 하려 했었다. 그게 나를 증명하는 일이라 생각했다. 하지만 지금은 증명하려 하기보다 그냥 인정하고 만다. '내 한계는 여기까지야.'라며 그저 고개를 끄덕인다. 그것밖에 안 되냐며 탓해도 어쩔 수 없다. 이 정도가 전부인 나이만 먹은 시시한 서른이 돼버린 걸 어떡하라고……

"내가 벌써 서른이라니."라는 말을 입에 달고 산다. 아직 실감이 나지 않아서였을까. 술이라도 마신 날이면 빈도는 배가 되었다. 스쳐 간 사람들이 그리웠다. 지난 시간이 아쉬움과 미련으로 사무쳐온다. 그에 비해 현재는 두렵기만 해서 어쩌면 내가 벌써 서른이라니 라는 말로 대신하는 것인지도 모르겠다.

서른은 가장 어려운 나이임이 분명하다. 아이도 어른도 아닌 애매함 속에서 정처 없이 헤매고 계속해서 무언가를 내어줘야만 한다. 이십 대에는 젊음도 있었고 사랑도 있었다. 패기 넘치던 자신감도 있었고 용기도 있었다. 그에 비해 서른은 불안하기만 하다. 질문은 넘치는데 답이

없어 답답하기만 하다. 쌓여버린 상처와 실패들은 나를 주저하게 했고
더는 아프지 않으려 구석으로 숨어들게 했다.

　　그럼에도 멈추지 않고 나아가야만 하는 때.
　　어른인 줄로만 알았던 서른은 가장 어려운 나이였다.

7. 편견의 무게

　서른이 넘어가면 주변에선 왜 이리도 말들이 많은지 골치가 아플 정도다.

　나이도 있는데 결혼은 언제 할 건지, 돈을 모아놓기는 했는지, 연애는 하는 건지, 요즘에는 평생직장이 없다던데 공부는 꾸준히 하는 건지, 저번에 보니 살 좀 빼야 할 거 같던데 운동은 하는 건지 등등의 말들이 하루에도 몇 번씩 쏟아진다. 나는 그때마다 무사히 넘어갈 수 있는 대답을 한다.

　"때 되면 다 되겠죠, 알아서 하고 있어요."

　도대체 저 기준은 누가 정한 건지 모르겠다. 이 나이쯤이면 결혼을 해야 하고 일한 지 꽤 됐으면 돈도 모아놨어야 한다는 게 진짜일까. 요즘은 100세 시대라던데 짧은 시간에 너무 많은 것들을 바라는 것이 아닐까 하는 생각을 가끔 할 때가 있다. 10대에는 교과과정을 거친다면 20대에는 청춘과 진로에 대해 고민하고 30대에는 자신의 현재에 충실해야 하는 시기가 아닐까? 그런데 20대에 청춘을 즐기고 진로에 대해 고민하고 사랑까지 이루라니, 음식도 급하게 먹으면 체하는데 말이다. 사람마다 살아가는 방식은 모두 제각각인데 자꾸만 프레임 안에 가두려고 하는 것 같았다. 남들과 다르면 이상한 사람, 특이한 사람이 되었고 남들과 비슷하면 평범한 사람이 되어버린다. 어중간하기만 한 나는 그런 것들이 더욱더 싫었다.

편견에서 비롯된 간섭은 정말이지 괴로울 때가 많다. 그리고 그 편견은 오만에서 비롯된 것이 분명하다. 세상 사람들이 다 그렇게 살아왔고 나도 그렇게 살아왔으니 너도 그래야 한다는, 편협한 생각. 자신과는 달리 부족한 나를 보며 '내가 너보다 낫지.'와 같은 느낌을 내비치는 오만. 살아가는 방식은 다르지만, 편견과 오만에서 벗어나기란 어렵다. 그렇게 일명 '꼰대'라고 불리는 어른이 되는 걸까. 싫다고 괴롭다고 말하는 나조차 예외는 아니었다.

친구가 다이어트를 한다고 한 적이 있었다. 오랫동안 열심히 하는 친구를 보며 괜스레 불안해졌다. 처음 느껴보는 감정이었다. 나는 매번 실패한 다이어트였는데 친구가 다이어트에 성공해서 날씬하고 예쁜 모습으로 나타날까 봐 내심 다이어트가 실패했으면 좋겠다는 마음을 가지고 있던 거였다.

학원을 같이 다니던 언니가 있었다. 시험을 앞두고 매일같이 함께 공부했는데 나는 붙었고 언니는 떨어졌다. 우울해하는 언니를 위로하긴 했지만 조금은 내가 붙어서 다행이라고 생각했다.

나와는 옷 스타일이 전혀 다른 친구가 있었다. 친구는 꽤 캐주얼한 차림의 취향이었는데 언제부턴가 내가 즐겨 입던 타입의 옷들을 사기 시작했다. 그런 친구를 보며 왜 나를 따라 하지, 라는 생각을 했다. 친구는 그저 다른 스타일의 옷을 사고 싶어서 샀던 것일지도 모르는데 나는 이미 그렇게 단정 짓고 있었다. 나쁘다고 욕해도 할 말이 없다. 나도 이런 내가 싫었으니까.

카페에 할 일 없이 앉아있던 날이었다. 옆자리에는 학생인 듯 보이는 사람 두 명이 있었는데 취업에 대한 이야기를 나누고 있었다. 한 명은 취업을 했고 한 명은 아직 취업준비생인 것 같았다. "너 그 분야 싫다고 따질 때가 아니다. 돈 벌면 생각이 달라져. 싫어도 그냥 해 봐." 취업한 듯한 친구가 말한다. 들으면서 든 생각은 딱 하나, 안타까움이었다. 그 말은 친구를 위하는 말이 아니었다. 나도 저랬을까. 남을 깎아내리면서 자신을 추어올리는 모습을 보면서 그 사람과 다를 것 없는 내 모습에 나는 내 인생이 조잡해져 버렸다고 생각했다. 나도 내가 가진 편견과 오만을 가지고 남을 판단하면서 스스로 조잡한 위로 따위를 느끼고 있었기 때문이다. '난 그래도 저 사람보다 낫지, 내가 잘 못 된게 아니야.'라는 거지같은 말로 위안을 삼고 있었던 거였다. 시시한 어른은 되기 싫다던 나는 어느새 조잡한 사람이 되어있었다.

룸메이트가 생겼다. 이십 대 시절을 거의 혼자 살던 내게 룸메이트를 들인다는 것은 생각지도 못한 일이었지만 친한 동생이기도 했고 그리 불편하지는 않을 거란 생각에 덜컥 집으로 들였다. 주변에 잘 신경 쓰지 않는 것이 내 성격인 줄 알고 있었지만, 동생과 같이 살면서 나는 내 성격을 아주 잘못 알고 있었다는 것을 알았다. 휴대폰으로 예능과 유튜브를 틀어 놓은 소리가 날카롭게 머릿속으로 들어왔다. 입었던 옷을 제자리에 두지 않는 모습이 눈에 거슬렸다. 청소기를 밀지 않은 듯 보이거나 내가 빨래를 돌려놓고 나갔는데도 불구하고 빨래가 개어져 있지 않을 때면 화가 났다. "이 정도는 알아서 해야 하는 거 아니야?"라며 친구와의 전화에 울분을 토해냈다.

왜 빨래를 개어놓지 않았냐고 동생에게 따지듯 물었다. 동생은 급하게 일을 나가야 해서 못했다고 말했다. 입었던 옷을 제자리에 놔두지 않은 건 내일 다시 입을 거라 편한 곳에 놔둔 거라 했고 청소기를 왜 밀지 않고 갔냐는 말에 동생은 밀었다고 답했다. 상황을 알려고도 하지 않은 채 멋대로 판단하고 화를 낸 건 나였다.

처음에도 말했지만 주변에 잘 신경 쓰지 않는게 내 성격인 줄 알았던 만큼 나는 스스로에게 놀랐다. 생각보다 사소한 것에 신경을 곤두세우며 이기적으로 행동하는 모습과 내심 해줬던 것만큼 돌려받길 원하는 내 모습을 보았기 때문이다. 나조차도 몰랐던 모습. 아니 어쩌면 알면서도 외면하던 모습이었을지도 모른다. 친하고 잘 안다는 이유로 동생을 깊이 이해할 생각은 하지 못했다. 오히려 동생이니까 나를 다 이해하겠지 싶었다. 나는 내 기준에서만 동생을 판단했던 거다.

이 나이에는 뭘 해야 한다는 식의 말을 제일 싫어하던 내가 그 말을 서슴없이 내뱉고 편견을 가진 채 누군가를 바라보고 대하다니. 틀에 박힌 생각과 자신이 겪은 일들로만 남을 판단하는 그런 사람이 이미 되어버린 것만 같았다. 가지고 있던 그 많던 진심들은, 따뜻한 마음들은 어디로 가버린 것일까. 무서워졌다.

상상하던 나의 서른은 이런 게 아니었는데…….

당당한 사람. 하고 싶은 일이 명확하고 누가 뭐라 하든 마음이 곧은 사람. 그럼에도 남을 배려하고 아끼는 사람. 그런 사람이 되고 싶었다. 그런데 "그 나이쯤이면 이래야지."라는 말 따위나 내뱉는 허접한 어른이 되어버린 거다.

아직 늦지 않았기를 바라본다.

원하는 모습의 내가 될 수 있는 시간이 아직 남아있었으면 좋겠다.

8. 나만을 위한 시간

매년 적던 버킷리스트에서 한 번도 빠진 적 없던 장기여행을 이제는 가보려고 한다. 1년 정도 가고 싶지만, 하루 벌어 하루 먹고 사는 나 같은 사람에게 일 년은 무리일테니 한 달 정도가 좋겠다.

좋아하는 여행 작가가 있는데, '생선 작가'라는 이름으로도 알려진 김동영 작가다. 김동영 작가는 『나만 위로할 것』이라는 책을 계기로 알게 되었다. 『나만 위로할 것』이라는 책은 김동영 작가가 서른이 넘은 어느 날 갑자기 일자리를 잃고 대책도 없이 아이슬란드로 떠나 그곳에서 180여 일을 보내며 쓴 책이다. 직장을 잃고 아무런 준비 없이 무작정 여행을 하고 있다고 말하는 그에게 여행 중 만난 할아버지는 이런 말을 한다.

"젊음이 뭔지 아나? 젊음은 불안이야. 막 병에서 따른 붉고 찬란한 와인처럼…. 그러니까 언제 어떻게 넘쳐흐를지 모르는 와인 잔에 가득 찬 와인처럼 에너지가 넘치면서도 또 한편으론 불안한 거야. 하지만 젊음은 용기라네. 그리고 낭비이지. 비행기가 멀리 가기 위해서는 많은 기름을 소비해야 하네. 멀리 보기 위해서는 가진 걸 끊임없이 소비해야 하고 대가가 필요한 거지. 자네 같은 젊은이들한테 필요한 건 불안이라는 연료라네."

서른을 넘긴 나이에 갑자기 직장을 잃고 여행을 한다는 것만으로도 쉽지 않은 일이기에 많은 걱정과 두려움이 그와 동행했겠지. 책을 읽으면서 자주 불안해하던 나를 떠올려봤다. 이대로 괜찮은 걸까, 나만 뒤처지는 건 아닐까, 왜 나만 이 모양일까 하는 불안감은 부정적인 생각들로 변해 갔고 자존감은 한없이 바닥으로 떨어졌다. 자신에게 참 모질기만 했던 시간이었다. 칭찬보다는 겨우 이 정도 밖에 안 되냐며 부족한 나를 자책했고 만족하기보다는 항상 남과 비교를 했다. 그러니 내 삶은 제대로 돌아갈 수가 없었다. 불안은 불안 그 자체로 받아들였어야 했는데, 피하지 않고 마주 볼 용기만 있다면 충분했는데 그땐 알지 못했다.

　자주 가는 산책길이 있다. 직선으로 쭉 뻗은 시원시원한 길이라 딱히 장애물이랄 것도 없고 차도 다니지 않아 산책하기로는 최적인 곳이었다. 그날도 여느 날과 다를 것 없이 길을 걷던 중이었다. 유난히 햇살이 눈부신 날이어서 앞을 바라보는 것조차 햇살에 눈이 아릴 정도였다. 갑자기 이런 생각이 들었다. '눈을 감고 걸어보면 어떨까? 어차피 사람도 없겠다, 설마 넘어지기야 하겠어?'하는 마음에 눈을 감고 발을 앞으로 내디뎠다. 처음엔 둥둥 떠다니는 듯하더니 다음엔 바람을 타고 날아다니는 것처럼 가벼운 기분이었다. 하지만 얼마 못 가 눈을 뜨고 말았다. 지레 겁을 먹은 것이 그 이유였다. 혹시 지나가는 자전거랑 부딪히지는 않을까, 혹시 굴러다니는 돌멩이에 걸려 넘어지지는 않을까 하는 생각에 감았던 눈을 떴지만 걱정과는 달리 발걸음은 앞으로 곧게 나아가고 있었다. 혼자서 지레 겁을 먹고 걱정을 했던 것이었다.

　우리가 살아가는 세상도 그런 게 아닐까. 복잡한 미로 같은 삶 앞에 출구를 찾지 못해 헤매기도 했지만 그럼에도 자신만의 길을 찾아 이만큼 잘 살아온 너였으니까 조금 불안해하고 흔들린다 해도 괜찮지 않을까. 그러니 무엇이든 시작해도 좋다. 잠시 멈춰가고 싶다면 그것 역시 좋다. 스스로를 믿고 내가 가는 길을 의심하지 않기만을 바란다. 김 작가가 여행 중 만난 할아버지 말대로 우리는 더욱 멀리 가기 위해 준비 중이니까 말이다.

　나는 스스로에게 늘 하고 싶은 것들을 다 하고 살 수는 없다고 말했다. 사람이든 일이든 하나하나 다 챙기며 살아갈 수는 없다고 거짓말했다. 조금은 이기적으로 굴어도 된다고, 남들도 다 그렇게 산다고. 하지만 나는 언제나 하고 싶은 건 해야만 했고 지나간 것들에 미련을 버리지 못했다. 멀어져 버린 사람들을 그리워했고 시작도 못해보고 외면해버린 일들에 마음을 두면서도 모른 척 스스로를 속이며 살아왔다. "남들도 다 이렇게 살아."라는 말 따위로.

　내가 여행을 떠나려는 건 나를 찾고 싶어서 이기도 했지만 지나버린 것들을 마주하기 위함이기도 했다.

　매일 아침 시끄러운 알람 소리에 일어나 정신없이 출근하고 피곤해진 상태로 집에 돌아와 하루를 마감하는 것이 아닌 진짜 일상을 꿈꿨다.

불안으로 하루하루를 보내기보단 열정을 되찾고 싶었다. 느지막이 잠을 깨서는 창문 사이로 들어오는 바람 냄새를 느끼는 것. 인스턴트가 아닌 나를 위한 음식을 먹으며 조용한 곳에서 명상도 해보는 것. 단지 그것뿐이었다. 나 자신을 마주 보고 하루하루를 나를 위해 살아보는 시간, 그래서 지난 것들에 대한 미련도 떨쳐 낼 수 있는 시간이라면 더욱 좋겠다. 비현실적이라고 말해도 괜찮다. 내가 바라면서도 종종 가능한 일이긴 하냐며 의문을 가지기도 했었으니까. 그런데도 떠나야겠다고 마음먹었던 건 인생에서 한 번쯤 쉬어가는 게 그리 비현실적인 일은 아닐 거라는 생각 때문이었다. 그거 좀 쉬어간다고 설마 죽기야 하겠냐고. 어차피 일은 평생 해야 하고 온전히 나만을 위할 수 있는 시간은 생각보다 많지 않을지도 모르는데 아직 일어나지도 않은 일에 지레 겁먹고 두려워하며 피하기만 하면서 살 수는 없지 않냐고……

'여행은 살아보는 거야.'라는 유명한 광고 카피처럼 '나만을 위한 일상을 살아보자.' 싶었다.

덴마크의 철학자인 S.A.키르케고르는 '인간은 앞을 바라보면서 살아야 하지만 자신의 삶을 이해하기 위해서는 뒤를 돌아봐야 한다.'라고 말했다. 한 달짜리 여행을 떠난다고 해서 내 인생이 크게 바뀔 거라고 생각하지는 않는다. 하지만 충분히 행복해져 돌아올 나를 상상한다. 앞만 보고 달려가느라 돌아보지 못했던 모든 것들을 보듬어줘야겠다.

제2장

가족의 의미

1. 아프다, 슬프다

어릴 적 나는 엄마의 욱하는 성질이 싫었다. 감정도 스스로 컨트롤하지 못하면서 어른이라고 할 수 있을까? 엄마가 어떻게 이럴 수가 있을까 생각했다. 엄마의 시도 때도 없는 화의 방향은 가족들에게로 향했고 그중에서도 나에게로 쏟아졌다. 할 수 있는 거라곤 내가 똑 부러지지 못한 탓이라고, 엄마의 마음만큼 따라주지 못하는 나 때문이라고 여기는 것밖에 없었다.

똑 부러진 동생과 달리 나는 항상 뭐든 느렸다. 잠이 많은 탓에 늦은 시간까지 늦잠을 자기 일쑤였고, 숙제를 잔뜩 미뤄놓기도 했다. 방은 항상 어지러운 상태였고 얌전하게 노는 여자애들과 달리 남자애들이나 하고 노는 과격한 놀이를 하다 물건을 잃어버리거나 옷을 잔뜩 더럽혀 집에 들어가기도 했다. 그러니 엄마에게 나는 골칫덩어리 그 자체였을지도 모른다. 항상 궂은 말을 듣던 탓에 주눅이 들어있던 내겐 변명할 기회조차 주어지지 않았다. 보통 아이들이 그렇듯 무서운 얼굴을 한 엄마 앞에서는 그저 울음밖에 나오지 않았고 그럴 때마다 나는 "죄송합니다.", "다신 안 그러겠습니다."라는 말을 반복했지만, 엄마는 이런 모습에 더욱 화를 내며 "너는 언니라고 불릴 자격도 없어.", "어디 가서 엄마 딸이라고 하지 마."라는 말을 쏟아냈다. 무엇을 그리도 잘못했기에 이렇게까지 하는 건지, 이유를 찾을 수 없는 날들이었다.

그런 날 더욱더 힘들게 만들었던 건 동생과의 차별이었다. 집에 간식이 있었는데 먹어도 되는지 엄마에게 물어보라고 동생에게 시킨 적이 있었다. 내가 물어보면 안 된다고 할 게 뻔했기 때문이다. 다정한 눈빛으로 흔쾌히 허락하는 엄마의 모습이 야속했다. 나를 저런 눈빛으로 바라본 적은 없었는데…….

무엇이든 똑 부러지게 잘하는 동생에 비해 나는 언제나 언니로서 자격 미달이었고, 내가 혼나는 모습을 고스란히 옆에서 지켜봤기에 동생 앞에서도 나는 작아져만 갔다. 날 어떻게 생각할까, 언니라고 여기기는 할까 싶은 마음이 나를 집어삼키기 시작했고 그 이후 눈치 보는 일은 습관처럼 몸에 배었다.

혼나고 난 뒤, 불을 끄고 침대에 누워있으면 어김없이 엄마가 방으로 들어왔다. 눈을 감고 자는 척을 하고 있으면 회초리 자국이 남은 내 몸에 약을 발라주는 손길이 느껴진다. 미안하다고 사랑한다고 말하며 머리를 쓰다듬어 주지만 나는 그때마다 더욱더 서럽게 눈물을 토해냈다. 이중적인 엄마의 모습에 화가 났고 이해할 수도 없었다. 사랑한다면 있는 그대로를 이해해줄 수 있어야 한다고, 못난 부분이 있더라도 그것마저 안아줄 수 있어야 한다고 생각했으니까. 묻고 또 물었다. 난 뭐가 잘못된 걸까? 난 뭐가 이상해서 매번 혼나기만 하는 걸까? 애초에 나는 예쁨 받을 수 있는 사람이 아닌 걸까? 그렇게 목 끝까지 올라오는 슬픔을 눌러내야만 했다. "어릴 땐 다 혼나면서 크는 거야."라고 말하는 사람이 있다면 더 이야기하고 싶지 않다. 그 안에서 일어날 수 있는 모든 일과 감정들을 하나의 말로 압축시켜 버리면 보잘것없어져 버린다. 그럼 당신이 가진 슬픔도 '그저 남들 다 겪는 슬픔' 정도에 지나지 않게 된다.

나는 혼나지 않으려 매번 눈치를 보기 시작했고 내 말을 들어주고 이해해주는 사람은 없다는 생각에 입을 다물었다. 이때부터였던 것도 같다. 혼자 끌어안고 말하지 않는 버릇이 든 게.

"너는 비밀이 많은 것 같아. 난 너한테 숨기는 거 하나 없이 다 말해주는데 넌 항상 듣기만 하잖아. 정작 너에 대한 얘기는 아무것도 안 해. 무슨 생각을 하는지 모르겠어." 친구들에게서 자주 듣던 말이었다. 사실 나는 말하지 않았던 것이 아니라 말하지 못한 거였는데. 언제나 말하고 싶은 쪽에 속했던 건 나였는데, 하고 싶은 말들은 왜 입 끝에서 맴돌기만 하는지 알고 싶다고, 할 수만 있다면 속을 발라당 꺼내 보여주고 싶었다.

20살이 되고 자취를 시작한 후 가끔 고향 집에 갈 때였다. 그날은 친구랑 술을 진탕 먹고 집에 들어갔다. 새벽 시간에 만취 상태로 집에 들어갔으니 혼날 만도 했다. 그런데 술기운 때문이었을까 평소였다면 아무렇지 않게 넘어갔을 엄마의 잔소리에 난 처음이자 마지막으로 엄마에게 하고 싶은 말을 쏟아부었다. 아니 퍼부었다는 말이 더 어울릴지도 모르겠다. "엄마가 나한테 해준 게 뭐야, 맨날 때리고 차별한 거밖에 더 있어? 내게 관심이나 있기는 해? 엄마는 까먹고 지나간 기억일지 몰라도 난 그때 다 기억해. 엄마는 기억조차 나지 않지? 나한테 괜찮다, 예쁘다고 말해 준 적은 있어? 맨날 화내고 잔소리하고, 나도 짜증 나! 이제 그만 좀 해!" 일방적인 울부짖음이었다. 엄마는 놀란 표정으로 듣기만 하더니 미안하다고만 말했다. 내 속을 끄집어내 다 퍼붓고 나면 후련할 줄 알았던 마음과는 달리 더 큰 무언가가 마음을 짓누르기 시작했다. 상처받은 건 분명 나였는데 또다시 내가 죄인이 되어버렸다. 단 한 마디의 변명도 설명도 하지 않는 엄마 앞에서 내가 할 수 있는 거라곤 그런 엄마를 인정하는 것뿐이었다. 말하지 못하는 이유가 있을 거라 생각해야 했고 아직은 엄마를 다 이해하지 못한다고 여기는 수밖에 없었다.

그날 이후, 엄마와 나는 이 일에 대해 한마디도 꺼내지 않았고 내 울부짖음은 마지막이 되었다.

사랑하는 만큼 미움도 큰 사람이 엄마였다. 엄마와 딸은 애증의 관계라더니 정확도 하지.

밉다고 말하면서도 끝까지 미워할 수는 없었던 사람이 바로 엄마였다. 엄마한테 나도 그런 존재였을까. 나이가 들면서 딸은 점점 엄마를 이해하게 된다고들 한다. 같은 여자이기도 하지만 결혼을 하고 아이가 생기게 되면서 엄마의 삶도 그랬구나, 하고 받아들이게 되니까. 역지사지라는 말은 아마 이런 걸 보고 말하는 거겠지. 엄마는 24살의 젊은 나이에 결혼했다. 한창 하고 싶은 것도 해보고 싶은 것도 많은 나이에 결혼해 나를 낳았다. 현실과 이상 사이의 괴리감이 엄마를 찾아오진 않았을까, 서른의 나이에 와있는 나조차도 현실과 이상 사이에서 방황하는데 엄마는 더 심하지 않았을까 생각해본 적이 있다. 어쩌면 그 괴리감을 온몸으로 느끼게 만드는 사람이 나였을지도 모를 일이다.

지금의 내가 엄마를 이해할 수 있는 건 여기까지다. 난 아직 결혼도 하지 않았고 예쁜 아기도 없지만 이건 알 수 있을 것만 같다. 여자는 나이가 들어도 여자라는 말도 있듯이 엄마도 한 아이의 엄마이기 이전에 꿈 많고 예뻤던 여자였을 테니까.

집으로 돌아가는 내 뒷모습에 대고 한참 동안 손을 흔들고 있는 엄마를 본 적이 있다.

많이 작아진 모습. 옛날, 표정 하나만으로 나를 무섭게 만들던 엄마가 아니었다.

더는 내가 미워할 수 없는 사람, 나도 모르는 사이 많이 작아져 버린 사람.

그 뒤에서 나는 사랑한다고 말했다.

2. 분노, 너를 다독여본다

화가 쌓이면 '화병'이 나기도 한다. 자신만이 원인을 알 수 있는 병, 그래서 치료하기가 더욱더 어려운 병이 화병이다. 몸에 독소가 쌓이면 디톡스라도 한다지만 마음에 독이 쌓이면 어떻게 해야 하는 걸까. 아무도 마음이 아플 땐 어떻게 하라고 가르쳐 준 적이 없었다.

속마음을 잘 이야기하지 못하는 성격 탓에 항상 끌어안고 쌓아두는 게 버릇 아닌 버릇이 되어버렸다. 남에게 말해봤자 해결해 줄 수 있는 일이 아니라는 걸 알았기 때문이기도 했고, 결국 모든 건 스스로 해결해야 한다는 게 내 방식이자 살면서 깨달은 것이었다. 어릴 적 엄마의 화의 방향이 내게로 향했다면 내 분노의 방향은 길을 잃었다. 쏟아 낼 대상도 없을뿐더러 그렇다고 나를 죽일 수는 없는 일이었다. 그때부터였나, '척'을 하기 시작했던 것이. 감정이 얼굴에 그대로 드러나는 탓에 사람들은 내 기분을 금세 알아차리곤 했지만 '괜찮은 척'을 할 때면 모두 감쪽같이 속아 넘어갔다. 문제없이 사는 척, 아무 일 없다는 듯 태연한 얼굴을 하면 아무도 눈치 채지 못했다.

그런 나를 유일하게 알아주던 친구가 있었다. 고등학교 때부터 거의

10년간을 알고 지내던 가장 절친한 친구였다. 서로에 대해 모르는 것이 없었고 사이가 멀어질 거란 상상조차 해보지 않았었다. 그런 우리가 멀어지게 된 건 계모임이 발단이었다. 아니 정확하게 말하자면 내 분노의 방향이 친구를 향했던 거였다. 모임 장소와 교통편을 이야기하던 중 의견 차이로 사소한 다툼이 생겼고 나는 설명을 하려는 친구의 말조차 빼앗아버렸다. 사실 누구의 잘못도 아니라는 걸 알고 있으면서도 나는 네가 먼저 내민 화해의 손길마저 뿌리쳐버렸다. 무언가 잘못되어가고 있다는 걸 느낀 것이 이때였다. 문제없이 사는 척, 어른인 척 앞만 보고 달려가기만 했지 내 안에 쌓여 있는 독은 풀어낼 생각조차 하지 못했다. 조급하고 불안해만 하다 소중한 것들을 많이도 놓쳐 버렸다. 원망했다. 자신을, 그리고 세상을 탓하기만 했다. 쏟아 낼 대상이 없으니 원망이라도 해야 했고 누구 탓이라도 해야 했다.

그렇게 나는 너를 탓했고, 너를 잃어버리고야 말았다.

그맘때쯤 나는 엉망진창이었다. 엄마처럼 감정을 쏟아붓는 일 따위 하지 않겠다고 다짐했던 마음과는 달리 어느새 똑같이 하는 내 모습이 실망스럽기만 했다. 불쑥불쑥 고개를 들이미는 화를 주체할 길이 없었고 내 분노의 방향은 이제 나를 향하기 시작했다.

이런 상태를 솔직하게 털어놓을 수도 있었겠지만 있는 그대로를 말하면 보통 돌아오는 말들은 부정적이었다. 피곤하다고 말하면 "넌 왜 항상 피곤하냐, 꿈 많고 활기 넘칠 나이에 왜 맨날 그 모양이야.", 하고 싶은 게 없다고 말하면 "넌 하고 싶은 것도 하나 없고, 삶에 의욕이 없어서 어디다 쓸래?", 일이 힘들다고 말하면 "세상 사람들 일하는 거 다 힘들지 너만 힘든 거 아니야, 좀 참아.", 화라도 조금 낸다면 "성격이 그래서 되겠냐, 욱하는 성질 좀 고쳐."

더 말하고 싶지 않았다. 어차피 모든 건 내 탓이었으니까.

참아내기만 하던 것들은 어김없이 무수한 생각들로 찾아왔고 그렇게 잠을 이루지 못하는 날들이 지속되었다.

"항상 전체 풍경을 봐야 한단다. 그림은 단지 부분들이 합쳐진 게 아니란다. 소는 그냥 소이고, 초원은 그냥 풀과 꽃이고, 나무들을 가로지르는 태양은 그냥 한 줌의 빛이지만 그것을 모두 한데 모은다면 마법이 벌어진단다." 좋아하는 영화 '플립'에서 나오는 대화 중 하나이다. 합쳐진 것보다 부분적인 게 나은 사람도 있고 부분적인 점들보다 합쳐진 모습이 나은 사람이 있다. 나는 합쳐진 게 나은 사람이라고 생각했다. 못난 부분들은 가리고 숨겼고 미움 받는 게 싫어 참기만 했으니까. 그러다 보니 솔직한 모습은 나조차도 찾기 힘들 정도가 되어버렸다.

존재 자체로도 빛이 나는 사람들을 부러워했지만 나는 애초에 그렇게 될 수 없는 사람인 건가 생각했다. 속이 엉망진창이었다. 어디서부터 잘못되었던 걸까.

탓만 하면서 살아가기에는 더는 잃고 싶지 않은 소중한 것들이 많았다. 다른 방법을 찾아야만 했다. 무엇이 있을까 고민하고 또 고민했다.

그러다 내린 결론은 모든 것들에서 벗어나는 것이었다.

편안한 집, 익숙한 물건들, 사랑하는 사람들 속에서 잠시 나와 익숙하지 않은 공간과 물건들, 난생처음 보는 사람들 속에서 온전히 혼자가 되어야겠다고 마음먹었다. 그것이 스스로 솔직해질 방법이라고 생각했다. 비행기 티켓을 끊었다. 일본 후쿠오카 행이었다. 가장 가까우면서 티켓이 저렴했기에 선택한 곳이었다. 숙소도 예약했다. 원래 같았으면 안전상 문제 때문이라도 호텔을 골랐겠지만 이번만큼은 에어비앤비 사이트를 통해 아파트를 선택했다. 도착한 후쿠오카에는 비가 내리고 있었다. 아파트로 가는 길은 꽤 어려웠다. 호텔같이 번화가에 있는 곳이 아니었기에 후드 모자를 쓰고 한 손에는 캐리어를 끌고 골목 사이를 저벅저벅 걸어 다녔다. 짜증이 날 만도 했다. 원래 비 오는 날을 싫어할뿐더러 비를 맞는 건 더더욱 싫었기 때문이다. 길에 고인 물들이 튀어 옷에 얼룩이 지는 게 싫었고 찝찝함은 정말 질색이었다. 그런데 이상하게도 화도 짜증도 나지 않았다. 횡단보도 신호를 기다리기 위해 서 있던 순간 빗물에 번진 불빛들이 예뻐 보이기까지 했다. 옷이 젖을까, 머리가 망가지면 어쩌나, 찝찝하다, 이런 생각 따위는 들지 않았다. 그 순간만큼은 모든 게 괜찮았다. 사소한 감정의 일렁임조차 일지 않았다. 오히려 낯선 곳은 평안함을 가져다주었다.

솔직해져서였을까, 그동안 나는 너무 많이 참고 있었나 보다.

낯선 곳이 가져다주는 평안함과는 반대로 시간은 많은 것들을 미화

시키곤 한다. 시간이 지나고 세월이 흐르면서 그땐 이해하지 못했던 부분들이 눈에 보이기 시작하고 서로 이해를 하게 되고 그땐 그랬었지 라며 웃고는 한다.

자라면서 친구를 이해했고
사랑하는 엄마를 이해해 갔듯이
스스로를 점점 이해해 가고 있는 건 아닐까.
그렇게 내 속의 분노들도 조금씩 사그라져 가고 있지 않을까.

3. 외로움을 받아들인다는 것

외로움이란 건 참 웃기게도 지난날들을 파도처럼 데려와 모든 순간을 흩트려 놓고야 만다.

내 모든 것들을 주워 담을 수도 없을 만큼 작고 초라하게 만들어 놓고서는 쉬이 사라지지도 않는다.

외로움을 온전히 받아들인다는 건 이런 순간들조차 보듬어 내는 일이려나.

흩어진 조각조각들을 감싸 안고는 그것마저도 예쁘다고 말 할 수 있게 되는 일이려나.

처음 자취를 시작하던 날이 떠오른다. 그때 나는 세상을 얻은 듯했다. 간섭할 사람도 방해할 사람도 없는 온전한 나만의 공간이었으니 이곳에서 내가 하지 못할 건 없다고 생각했다. 친구들과 모여 술을 먹기도 했고, 밤늦게까지 자지도 않고 영화를 보기도 했다. 배달음식을 시켜 흘리든 말든 신경도 쓰지 않고 먹기도 했고 오후까지 늦잠도 잘 수 있었다.

부모님과 같이 살았다면 꿈도 꾸지 못했을 일이다. 이래서 다들 독립을 하는 건가, 이런 게 바로 자유라는 건가 싶었다. 하지만 영원히 지속

되는 것은 없는 것처럼 이것 또한 그리 오래가지 못했다. 분명 즐겁게 사람들을 만나고 왔음에도 집에만 들어오면 꿈을 꾼 것 같은 공허한 느낌만이 자리했다.

회사에서 왕창 깨진 날이면 속상한 마음을 채 추스르지도 못한 채 집으로 들어왔다.

아무도 없는 컴컴한 방, 지겹기만 하던 엄마의 잔소리가 못내 그리워지는 순간이다. 전화를 걸었다. "엄마, 뭐해?"라는 말에 "우리 딸, 무슨 일 있어?"라고 되묻는 엄마다. 아무 말 하지 않아도 알아주는 유일한 사람, 그 따뜻한 목소리에 눈물이 왈칵 쏟아졌지만 괜찮다고, 잘 지내고 있다고만 말할 뿐이었다.

일 년에 한두 번씩은 꼭 크게 아프고 넘어가는데 제대로 찾아온 몸살에 앓아눕고야 말았다.

회사에는 병가를 내고 병원을 다녀왔다. 예전에는 크게 아프기라도 해서 쉬었으면 좋겠다는 말도하곤 했지만, 지금은 아프면 나만 손해라는 걸 절실하게 느낀다. 뭐라도 먹고 기운이라도 차려야지 싶어 아픈 몸을 질질 끌고 죽 한 그릇을 사 들고 왔다. 일회용 용기에 든 죽을 탁자 위에 덜렁 올려놓은 채 대충 먹었다. 죽을 먹는 내내 서러움이 북받쳐 올랐다. 몸이 아픈 것보다 곁에 아무도 없다는 사실이 더욱더 아프게 느껴졌다.

생일이었다. 친구들에게서 축하한다는 몇 통의 문자가 왔다. 기억해주는 친구들이 고마웠지만 나는 생일이 다가올 때면 언제나 우울해지곤 했다. 왜였을까? 어차피 매년 돌아오는 생일이라 무감각 해져서일까, 아니면 혼자라는 생각에서 벗어날 수 없어서였을까. 언제쯤 매년 돌아오는 이 외로움에서 초연해 질 수 있을까 생각했다.

사랑하는 사람과 헤어졌다. 언제나 마음을 믿지 못했던 건 나였다.

사랑하면서도 사랑하는 게 맞는지 의문을 품었고 네 마음마저 진심은 아닐 거라 믿기도 했다. 온전히 마음을 받아들이는 법을 몰랐으니 언제나 뒤늦은 헤어짐을 견뎌내는 건 내 몫이었다.

예고도 없이 불쑥불쑥 찾아와 나를 괴롭히던 것, 그건 바로 외로움이었다. 자유로워진다는 건 그저 좋은 일이라고만 여겼지만 그만큼 책임을 져야 하는 일이었고 그것은 외로움이 배가 되는 일이었다. 몸속부터 외로움이 치밀어 오를 때면 나는 하늘을 볼 수 있는 곳을 찾곤 했다. 옥상이나 학교 운동장이 주로 그런 곳이었다. 반짝이는 불빛들보다 어둠이 짙게 내린 그곳에서 밤하늘을 바라보고 있자면 위로를 받는 듯했다. 그곳에서 만큼은 까만 어둠 속에 숨어들 수 있었으니까. 그 속에서도 달빛은 나를 포근히도 감싸주곤 했으니까 말이다.

단 하루도 똑같은 모양을 지니지 않는다는 걸 알아요.

그렇게 매일 밤 다른 빛을 비추곤 하겠죠.

우리의 일상도 매일이 달라 힘이 들기에

그 빛에 위로를 받기도 하는 거겠죠.

오늘 당신의 하루는 어땠나요?

좋고 싫음이 분명한 친구에게 넌 너무 극단적인 게 문제라고 말한 적
이 있었다. 그런 내게 친구는 되레 이렇게 물어왔다. "잘 생각해봐. 어떤
물건이 있다고 가정했을 때, 그 물건이 좋거나 싫은 것으로 나뉘는 게
보통이야. 저 물건이 좋은 것 같지만, 아닌 것 같은 건 없어. 그냥 좋으면
좋은 거고, 싫으면 싫은 건데 그게 뭐가 극단적이야?" 나는 "중간이 있
을 수도 있잖아……."라고 말했다.

"항상 중간을 찾다 보면 정작 내 건 없어. 남들 좋은 거 다 가지고 남
는 게 중간이야. 좋으면 좋다 싫으면 싫다고 표현을 해야 내가 그렇다는
걸 알아주는 거야. 중간은 결국 다 나머지일 뿐이야." 친구의 말에 입을
꾹 다물었다. 나도 모르게 눈물이 차올랐다. 사람들 틈에 있으면서도,
무언가를 하면서도 항상 외로웠던 건 그래서였을까. 선택의 갈림길에
설 때면 내가 하는 말은 잘 모르겠어, 그냥 그래, 다 좋아, 아무거나 상관
없어 같은 말들로 회피해버렸다. 어쩌면 미움 받고 싶지 않아서였을지
도 모르겠다.

그래 보통, 그 보통만큼만 이라는 것 때문에 난 항상 어중간한 틈에서
맴돌기만 하다 나머지가 돼버렸던 걸까. 사랑하는 사람을 만나면서도
확신을 가져본 적이 없었다. 아껴주고 사랑해주는 그 사람의 마음과는
별개로 내 마음은 도통 알 수가 없었다. 누군가 "네가 만나는 사람은 어

때?"라고 물어올 때면 "좋아."라는 말 보다 "그냥, 그렇지 뭐."라는 말로 대신했다. 사랑하면서도 사랑하는지 몰랐고 결국 사랑에서조차 난 혼자였다.

표현 좀 하고 살라며 친구는 충고 아닌 충고를 했다. 숨기고 감추고 중간에만 서 있다 보면 진짜로 혼자가 될지도 모른단다. 반박할 수는 없었다. 단 한시도 혼자가 아니라고 느낀 적은 없었던 건 사실이었으니까.

이기적이라는 말을 듣더라도 내 감정과 느낌에 솔직했어야 했는데 나는 그동안 너무 많이 참고만 있었나 보다. 만약 내가 너처럼 솔직한 사람이었다면 외로움조차 파도처럼 왔다가 다시 사라질 존재라 여기며 받아들일 수 있었을지도 모르겠다.

4. 10년만의 가족여행

"너희가 다 크고 나니 고작 네 명밖에 안 되는 가족이 다 떨어져 살고 여행 한번 가기도 참 힘드네. 어릴 땐 참 놀러도 많이 다녔었는데……."

가족여행 이야기가 나올 때면 부모님이 늘 하던 말이었지만 단 한 번도 가지 못한 여행이었다, 그 말에는 언제나 쓸쓸함이 묻어있었다.

동생이 서울로 취업을 했다. 몇 개월이 지나도록 가족들 아무도 가보지 못했는데 지방에서 서울까진 거리가 멀기도 했지만, 시간이 맞지 않았던 게 가장 큰 이유였다. 그래서 이번 추석에는 가족들 모두 서울로 여행 아닌 여행을 가기로 했다. 어릴 적 말고는 다 같이 여행을 간 적이 없었기에 설렘보단 걱정부터 들었다. 부모님을 모시고 어딜 간다는 게 쉽지만은 않은 일이지 않은가. 친구였다면 즉흥적으로 어디든 갈 수 있을 테지만 부모님과 같이 여행을 한다면 일정부터 숙소까지 힘들지 않도록 계획해야 한다고만 생각했다. 언제부터 부모님과 함께하는 시간은 어려운 시간이 돼버렸을까.

서울로 가는 KTX 열차 시간은 9시 40분, 동대구역에서 출발하는 기차였다. 아침 여섯 시부터 전화가 걸려온다. 혹시나 차가 밀리기라도 할까 싶어 아침 일찍부터 출발했다는 전화기 속 너머 엄마의 목소리엔 웃음기가 가득하다.

"너희 아빠 KTX 처음 타본다." 아침 대용으로 먹을 김밥과 어묵을 사 열차를 타러 가는 길에 엄마가 말했다. 뭐가 처음이냐며, 아니라고 부정하는 아빠는 그래도 기분이 좋은지 웃기만 한다. 고작 서울에 갈 뿐인데도 부모님은 마냥 설레는가 보다.

서울에 도착해 제일 먼저 할 일은 아빠 청바지를 사는 거였다. 무릎이 찢어져 손가락이 다 들어가는데도 이 정도는 멋이라며, 괜찮다며 안 산다는 아빠를 등 떠밀 듯 탈의실로 밀어 넣었다. 갈아입고 나와서는 "괜찮네……."라며 머쓱한 웃음을 짓는 아빠는 여전히 가족들에겐 다정하지만, 자신에겐 인색한 사람이었다.

갈치찌개로 유명한 골목이 남대문시장에 있다며 검색한 블로그를 내게 보여주는 동생이다. 갈치찌개를 잘하던 엄마 때문에 갈치찌개를 다좋아하던 우리 가족들은 "그래, 가자!"라며 남대문시장의 갈치찌개 골목으로 향했다. 검색해서 온 식당 앞에는 이미 줄이 엄청나게 길었다. 줄서서 먹는 걸 별로 좋아하지 않는 우리는 이런 골목에 있는 식당들은 다 맛이 비슷비슷하다면서 옆 식당으로 들어가자고 합의를 보고는 옆집 식당으로 들어섰다. "이모, 갈치찌개 네 개 주세요!" 빠알간 갈치찌개가 나왔다. 이게 얼마만의 갈치찌개인가. 국물을 한 숟갈 떠서 입에 넣었다.

"솔직히 내가 생각하던 맛은 아니었어, 자고로 갈치찌개란 칼칼하고 시원한 맛이 있어야 되는데 이건 그냥 고춧가루만 넣은 텁텁한 맛이야." 가게를 나선 후 내가 말했다. 그런데 그 말을 하자마자 모두가 "맞지? 나만 그런 거 아니었지? 나도 그렇게 생각했는데!"라며 웃었다. 엄마는 한 술 더 떠 "이런 건 바닷가 사람들이 잘한다니까, 엄마가 해준 갈치찌개가 더 맛있지? 엄마가 여기 와서 장사해야겠다."라며 너스레를 떨었다. 성격은 모두가 달라도 자신도 모르게 비슷하게 닮아 있는 게 가족이라는 걸까.

부모님의 숙소로 광화문에 위치한 호텔을 예약했다. 가격도 적당하면서 깔끔하고 이동하기 좋은 곳이라 선택한 곳이었다. 소화도 시키고 구경도 할 겸 숙소까지 걸어가기로 했다. 엄마는 내 손을 잡고 걸어가면서 젊을 때 온 거 빼면 이번이 두 번째 서울이라며 달라진 서울 모습에 세월이 많이 지났다고 말했다. 숙소는 아담하면서도 깔끔했고 어른 두 명이 자기에 안성맞춤이었다. 이것저것 신기하게 만져보던 엄마 아빠는 "어휴, 이런데도 와봐야 뭐 사용할 줄 알지 우리 같은 사람들은 오면 쓸 줄도 몰라."라며 숙소가 마음에 드는지 계속 구경을 했다. 저렇게나 좋아하는 엄마 아빠를 왜 한 번도 데려오지 못했을까. 친구들과는 이곳저곳 여행도 잘만 다니면서 불편할 거란 생각에 부모님과 같이 가볼 생각은 하지 못한 내가 미웠다.

최소한의 짐만 들고 북촌 한옥마을로 갔다. 가족사진촬영을 예약 해놓았기 때문이었는데 예약 시간까지는 한 시간 정도가 비어서 구경을 하기로 했다. 24살 대학 시절에 와 본 이후 몇 년 만에 다시 찾은 곳이었기에 곳곳에 달라진 것들이 눈에 띄었다. 옛날 떡볶이를 파는 곳에서 떡볶이도 먹고 정원처럼 꾸며놓은 카페에 앉아서 아빠랑 나는 맥주를 엄마와 동생은 커피를 마셨다.

가족사진을 찍는 건 처음이었다. 흔하디흔한 가족사진 한 장 없다니, 매번 나중에 찍어야지 하면서 미루다 보니 늦어버렸다. 처음엔 어색했지만 사진사 아저씨가 농담으로 웃겨주신 덕분에 편하게 찍을 수 있었다. 출력 된 사진 속 엄마 아빠는 너무나 환하게 웃고 있었다.

사진을 찍고 나오니 비가 꽤 오기 시작했다. 그래도 서울까지 왔는데 경복궁은 보고 가야지 싶은 마음에 우리는 우산을 쓰고 경복궁으로 이동했다. 사극을 좋아하던 우리 가족들은 궁이나 이런걸 보면 그 시대로 가보고 싶다고 이야기 하곤 했었는데 이 날도 여전했다. "옛날로 가 보고 싶어, 궁금하다."라는 내 말에 "그때로 가면 부잣집 딸로 태어나."라고 말하는 엄마. 난 지금도 엄마 딸이라서 행복하다고 말해주고 싶었지만 역시나 감정 표현에 서툰 나는 아무런 말도 하지 못했다.

우리 가족 담당 사진작가인 아빠는 사진 찍기에 여념이 없다. 발걸음을 옮길 때마다 포즈를 취해보라며 난리다. 오랜만의 가족 여행이니만큼 더 많이 담아두고 싶었나 보다. 매번 사진 찍기만 하다가 정작 자기 사진은 많이 없는 아빠였기에 카메라를 뺏어 들고는 엄마 아빠에게 말했다. "사진 찍습니다. 하나, 둘, 셋."

우산을 쓰고는 경회루까지 걸어갔다. 연못을 중심으로 오래된 듯 보이는 버들나무가 쭉 둘러싸여 있는 곳이었는데 운치가 상당했다. 오늘하루 종일 걸은 탓에 다리가 아파 내 걸음은 저 뒤에 가있는데 엄마는 풍경 하나하나를 눈에 담으려는 듯 걸음이 부산스러웠다. 그러다가도 한 번씩 걸음이 느려지고 모든 걸 담으려는 듯 바쁘게 움직이던 눈짓이 갈 곳을 잃고 멍해지던 순간이 있었는데 엄마는 무슨 생각을 했던 걸까. 어릴 적 엄마의 모습을 떠올렸을까? 젊은 시절 그 때 꿈 많던 시절이 스쳤던 걸까? 하고 싶은 게 많았다며 내게 말하던 엄마의 말이 떠올라 덩달아 나도 멍해졌다. 세월은 생각보다 빠르고 지나간 꿈들은 여전히 그 자리에 그대로 있기에 마음이 시리진 않았을까 엄마는.

비가 점점 더 내리는 탓에 우리는 숙소 앞에서 저녁을 먹기로 결정했다. 숙소에 체크인 할 때부터 앞에 있는 식당에 관심을 보이던 아빠가 그곳에 가자고 말했다. 술집 겸 밥집이었는데 앞에 현수막이 걸려있는 내용을 보니 티비에도 나온 맛집인 듯 했다. 낙지볶음과 바지락술찜을 시키고는 소주 두 병을 시켰다. 이런 날 소주가 빠질 수 없지. 모두들 배가 고팠는지 음식을 후딱 해치우고는 술기운에 얼굴이 빨개져 식당을 나섰다. 숙소 앞까지 부모님을 배웅하면서 내일 아침 동생의 자취방으로 잘 찾아오라고 길을 가르쳐 주고 헤어졌다. 다음날 아침, 자취방으로 온 부모님은 청계천 구경을 하고 왔다고 말했다. 어제와 달리 날씨가 좋아서 강변이 너무 예뻤다며 찍은 사진을 보여주는 엄마 아빠는 정말 여행 온 아이들 같았다. 도시락으로 아침을 때우고는 영화도 보고 할머니 선물도 살 겸 쇼핑몰로 향했다. 영화를 보고 나와 옷가게를 돌아다니는데 아빠랑 찰떡일 것 같은 옷을 동생이 골라오더니 입어보라고 말했다. 괜찮다며 손사래를 치는 아빠를 동생은 탈의실로 떠밀었고 갈아입고 나온 아빠는 옷이 정말 잘 어울렸다. 카운터에 서서 계산하려는데 "언니야 이때까지 돈 많이 썼잖아, 이번엔 내가 계산할게."라며 옷을 들고 가는 동생. '우리 동생 많이 컸네.'라고 생각하고 있는데 내 귀에 대고 "안 그래도 저런 옷 하나 사고 싶었는데 찾을 수가 없었어."라고 말하는 귀여운 아빠다.

이제 다시 대구로 내려가야 할 시간이다. 지방에서 올라와 서울 생활이 힘들지는 않을까 걱정했지만 막상 보고 나니 엄마 아빠도 어느 정도 안심이 되는지 연신 동생의 머리를 쓰다듬는다. 서울역으로 가는 지하철 안, 엄마는 "겨우 4명밖에 안 되는 가족이 다 떨어져 사네."라며 아쉬워했고 아빠는 그런 엄마를 보며 "그래도 다 커서 알아서 잘 사는 거 보니까 좋구만."이라고 말했다. 내년 신정에는 가족들 다 같이 해돋이를 보러 캠핑을 가자고 말하는 아빠다.

앞으로 자주 가족여행을 해야겠다. 같이 올 걸 그랬다며 후회하기 전에, 지금 시간이 주어질 때 더 많이 같이 해야지. 좋은 것만 보여주고 좋은 것만 해줘야지. 부모님이 내게 그랬던 것처럼.

5. 뒷모습

　사랑을 받기만 한 사람에게 사랑을 준 사람의 뒷모습을 바라보는 일은 참 힘이 든다. 시간이 지날수록 작아만 지는 모습 사이로 해주지 못한 것들만 잔뜩 쏟아져 내려 언제나 울지 않고는 바라볼 수가 없었다.

　편의점 테라스에 앉아 음료수를 마시던 중이었다. 반대편 길에는 어떤 할아버지가 리어카를 끌며 박스를 줍고 있었다. 그냥 아무 생각 없이 가만히 쳐다보고 있었다. 리어카 안에는 대여섯 살 정도 되어 보이는 아이가 타고 있었는데 할아버지가 박스를 넣으면 아이는 그것을 받아 정리를 하는 듯했다. 더운 날씨에도 칭얼거리지 않고 할아버지를 돕고 있는 아이가 너무 예뻐 보였다. 할아버지는 잠시 아이에게 무슨 말을 하더니 편의점에서 아이스크림을 하나 사 가셨다. 아마도 아이가 더울까 걱정했었나 보다. 할아버지는 아무것도 먹지 않고 그저 아이가 먹는 모습을 흐뭇하게 바라보고 있었다. 서로를 생각하는 마음이 내게도 전해졌다. 자신보다 소중한 사람을 챙기는 것, 나보다 네가 아프지 않았으면 하는 것, 늘 나보다 네가 우선인 것, 사랑이란 저런 걸까 싶었다. 내게도 나보다 누군가가 우선이었던 적이 있었나 생각해 봤지만 떠오르지 않았다. 아니, 없었다. 나는 언제나 내가 가장 중요했고 그래서 항상 상처

어쩌면
위로가　73
되지 않을까 해서

를 주곤 했었다. 가족도 예외는 아니었다.

차를 사기 전까지는 고향에 내려갈 때 항상 기차를 탔다. 집 근처에
오래된 작은 역이 있어 기차를 타는 게 가장 효율적이었다. 차를 타고
10분 정도 거리에 역이 있었는데, 버스 타고 가면 되니 데리러 오지 않
아도 괜찮다는 내 말은 듣지 않고 아빠는 매번 마중을 나왔다. 괜찮다고
말은 했지만, 역에서 기다리는 아빠를 보면 유달리 반가웠다. 역이 주는
느낌 때문이었으려나, 반가움에 세차게 손을 흔드는 내 모습에 웃는 아
빠의 모습이 좋았다. 괜스레 애교도 떨어보고 팔짱도 껴 본다. "아빠, 밥
뭐 먹을까?" 항상 점심이나 저녁 시간쯤에 도착해서 밥을 같이 먹는 게
무언의 약속과도 같았기에 물었다. "우리 딸 먹고 싶은 거로 먹자, 아빠
는 아무거나 다 좋다." 우리 아빠, 여전하다.

밥도 먹었으니 운동도 할 겸 쇼핑을 하러 백화점으로 향했다. "아빠,
예쁜 거로 골라봐! 이번엔 딸이 산다!" 호기롭게 말하는 나를 보며 아빠
는 "공주 옷이나 사 입어. 아빠는 옷 많아서 별로 필요 없어."하며 이 옷
저 옷을 내게 대본다.

내게 있어 아빠는 언제나 이런 사람이었다. 원하는 것이 없는 사람,
자신보다 내가 먼저인 사람, 자신의 시간을 먼저 내어주던 사람, 항상
다정하지만, 스스로에겐 인색한 사람.

그런 모습들 때문에 아프게만 느껴지던 사람이 아빠였다. 하지만 자
식이란 그런 걸까, 금세 잊어버렸다. 전화 한 통 하는 게, 얼굴 보러 가야

지 하면서도 시간 내는 게 힘들었다. 고향에 내려가지 않은 주말이면 어김없이 전화가 걸려온다. "딸내미 없이 엄마랑 둘이서만 맛있는 거 먹고 있어서 전화해 봤다.", "주말인데 우리 딸 심심할까 봐 전화해 봤다.", "집에 언제 내려오나 궁금해서 전화해 봤다." 보고 싶다는 말을 매번 이렇게 에둘러 표현하는 아빠다.

배웅해주겠다는 아빠를 매번 말렸다. 내가 가고 나면 혼자 집으로 돌아갈 아빠의 모습이 싫어서였는데 아빠의 고집은 통 꺾을 수가 없다.

"밥 좀 잘 챙겨 먹고, 운동은 적당히 하고 감기 안 걸리게 옷 잘 챙겨 입고 다녀."

사랑한다는 말 한마디면 될 것을 걱정되는 마음에 괜히 잔소리를 늘어놓았다. 그러고 보면 나도 참 아빠를 닮았나 보다. 기차에 오르고 자리에 앉았다. 창밖으로 아빠가 보인다. 키가 좀 작아진 듯한 모습, 얼굴에는 주름이 늘었고 흰머리는 언제 저렇게 많이 생겼는지 모르겠다. 염색이라도 해주고 올 걸 그랬나……. 내가 훌쩍 커서 어느새 어른이 된만큼 아빠는 작아져 있었다. 도착하면 전화할게 라는 손짓과 또 올 거라고 말하는 사이 기차는 멀어졌다. 아빠의 돌아서는 뒷모습이 보였다. 아빠의 뒷모습을 제대로 본 적이 있었던가……. 어릴 적 아빠 등에 곧잘 업혀 놀기만 했지 바라본 적은 없었다. 세월의 무게가 아빠의 두 어깨 위에 있었고 쓸쓸함이 등 여기저기에 묻어있었다. 평생을 일하면서 가족들을 아끼고 살아왔지만 이제 두 딸은 다 커서 타지로 나가고 혼자 있는 시간이 더 많아진 아빠는 그 시간의 틈만큼 외로워지지는 않았을까. 언제까지나 크고 듬직할 줄로만 알았던 아빠의 등은 이제 내가 업히기엔 너무 작아져 있었다. 이렇게 작아 보이기까지 얼마나 많은 세월을 혼자 견뎌냈을지 못난 딸은 아직도 다 이해하지 못한다.

사랑하는 사람의 뒷모습을 지켜본다는 건 슬프면서도 사랑을 남기는 일이었다.

당신이 안녕하기를 바라는 마음을 가는 뒷모습에 새기는 일이었다.

며칠씩 고향 집에 머무를 때면 부모님과 부딪힐 수밖에 없었다. 혼자 사는 게 익숙해진 탓에 조금만 잔소리를 하거나 간섭을 한다 싶으면 짜증을 버럭 내곤 했다. '또 시작이다. 저놈의 잔소리, 그만 좀 해.'라는 속마음이 부글부글 끓어올라 나도 모르게 화를 낸 것이었다. 옛날이었다면 혼을 내던 엄마였겠지만 이제는 "알아서 살아라, 다 널 위해서 하는 말인데 듣지도 않는데 엄마가 이젠 무슨 말을 못 하겠다."라며 중얼거리기만 할 뿐이다. '아…… 이러려고 한 게 아닌데…….' 곧바로 후회하면서도 미안하다는 말은 입 밖으로 도무지 나오지 않는다. 다시 돌아가야 하는 날이 되면 엄마는 싸운 일을 잊었는지 바리바리 짐을 싸기 시작한다. "이것도 챙겨가고 저거도 챙겨가고……."라며 반찬부터 시작해서 생활용품, 건강식품까지 집에 있는 물건은 모두 다 줄 기세로 짐을 싼다. 그런 엄마에게 "어차피 다 가져가봤자 놔둘 곳도 없어, 엄마 아빠 많이 먹어."라며 말렸음에도 불구하고 가지고 갈 짐이 한 짐이다. 손이 큰 엄마는 역시나 조금 싸주는 법이 없다.

할머니 집에 가면 다 먹지도 못할 만큼의 양을 밥을 주고서도 더 많이 먹으라며 흐뭇하게 바라보는 할머니의 모습이 엄마와 겹쳐 보인다. 엄마는 할머니와 많이 닮았는데 할머니 집에 갔다가 돌아오는 길이면 엄마는 항상 울었다. 구부정한 허리로 힘들게 서서 우리가 가는 길을 멀리서 바라보고 있는 할머니를 보면서 엄마는 미안하다며 울었다. 다음에 와서 또 보면 될 텐데 왜 매번 우는 건지 그땐 알 수가 없었다.

"엄마, 나 이제 갈게."

건강 조심하고 인스턴트 말고 밥 잘 챙겨 먹으라며 걱정만 하는 엄마다. "알았어, 도착하면 전화할게." 말하고 돌아서는 내 뒤로 엄마는 내가 보이지 않을 때까지 바라보고 있다. 나도 모르게 눈물이 났다. 조용한 집이 허전하지는 않을까 걱정됐고 작아진 엄마 모습이 슬펐다. 모진 말만 내뱉고 가는 것 같아 미안했고 좋은 것은 못 해줄망정 챙김만 받고 가는 내가 미웠다. 그래서 엄마도 그렇게 울었던 걸까.

뒷모습을 보고 슬퍼진다면 아마 받은 사랑이 너무 많아서겠다.

6. 이기적인 사람은 나였을까

혼자서도 잘 살아왔다고 여겼다. 이만큼 살아낼 수 있었던 건 모두 내가 열심히 했기 때문이라고 생각했다. 언제나 지켜봐 주는 사람들이 옆에 있다는 걸 잊은 채 혼자서 결정하고, 이뤄내는 것만이 어른이라고 생각했다. 그만큼 나는 철이 없었고 이기적인 사람이었다.

유학을 가고 싶었던 적이 있었다. 유학이 아니라면 차선으로 워킹 홀리데이까지 염두에 두고 있었다. 돈을 벌면서 공부도 할 수 있으니까 일석이조라고 생각했고 누구보다 잘 해낼 자신이 있었다. 마침 동생이 교환학생으로 미국에 가 있는 중이었기에 내 마음은 더더욱 커져만 갔다. 지금이 아니라면 다신 기회가 없을 것만 같은 생각에 고향에 내려가 부모님과 밥을 먹으면서 계획을 설명했다. 졸업하고 바로 취업을 하는 것도 좋지만 이번만큼은 휴학을 하고 다녀오겠다고 했다. 한동안 아무 말 없이 듣고만 있던 아빠가 울었다. "아빠는 우리 딸이 졸업하면 집에 올 줄 알고 기다리고 있었는데……." 섭섭함을 애써 말하는 아빠는 눈물을 참지 못했나 보다. 감정표현을 잘 하지 않는 아빠였는데 그런 아빠의 눈물에 나조차도 놀랐다. 가지 않겠다고 단정할 수도 없었고 굳이 가겠다며 바득바득 우길 수도 없었다. "좀 더 생각해볼게."라는 말로 식사는 끝이 났고 그날 이후 내 입에서 유학이라는 단어는 나오지 않았다. 그렇게 나는 학교를 졸업했고 취업도 했지만, 엄마는 이 일을 마음에 담아두고 있었나 보다. 처음으로 해외여행을 다녀오겠다고 했을 때였다. "그래, 가고 싶은 곳 있으면 다 갔다 와. 엄마는 그때 너 유학 못 보내준 게 계속 맘에 걸렸어. 엄마가 많이 배운 사람이었으면 더 많은 걸 해 줄 수 있었을 텐데, 엄마가 돈 많이 벌어서 우리 딸 늦게라도 유학 보내줄게."

그러고 보면 내가 포기한 것보다 더 많은 것들을 포기한 채 살아온 사람이 엄마였다. 엄마는 대학도 가고 싶었고 당당한 커리어우먼 같은 삶을 꿈꿨다고 했었다. 어린 나이에 결혼해 나와 동생을 키우면서도 언제나 일을 하던 사람. 마음 깊숙한 곳에는 언제나 꿈 많던 그 시절의 엄마가 있었을 텐데 나는 단 한 번도 엄마의 꿈을 물어본 적이 없었다. 자신이 못해본 걸 딸에게는 해주고 싶었을 그 마음을, 많은 것을 포기하고 살았음에도 여전히 더 많은 걸 해주지 못해 미안해하는 마음을 알아주지 못했다.

나보다도 더 속상해했을 엄마. 이렇게 커서 밥벌이도 하고 그래도 어른이라고 말할 수 있었던 건 사랑하는 사람들이 곁을 지켜주고 있었기에 가능한 일이었는데 나는 혼자서만 모든 걸 해냈다고 생각했던 거였다.

아빠는 참 잘하는 게 많은 사람이었다. 화가 못지않은 그림 실력을 가지고 있었고 사진과 여행을 좋아했었다. 그런 아빠를 닮아서인지 나도 어릴 땐 그림으로 상장과 트로피를 꽤 받곤 했었다. 그래서인지 우리 집은 그림과 사진으로 가득했다. 날이 좋을 때면 공원에 가서 같이 그림도 그렸고, 여름이면 빼놓지 않고 캠핑도 했었다. 하지만 내가 클수록 빈도는 줄어들었고 대학까지 타지로 가버린 후에는 거의 불가능한 일이었다. 집에 가득했던 그림과 사진도 이제는 어디로 사라졌는지 찾아봐도 보이지 않는다. 아빠는 바다를 유달리 좋아했다. 평생을 바다가 있는 곳에서 살아서일까도 생각해봤지만, 왠지 더 특별한 의미가 있는 것만 같았다. 고향집에 갈 때면 아빠가 빼놓지 않고 하는 단골멘트가 있다.

"바닷가 가서 바람이나 쐬고 올까?", "심심한데 바다 가서 놀다 올까?" 하지만 그때의 나에게 바다란 너무 익숙해서 지겨운 곳이었다. 옆에 있을 때는 소중함을 모른다는 건 이런 걸 두고 하는 말인 게 분명하다. 나는 "아빠 다음에 가자, 피곤해."라며 아빠의 말을 잘라버렸고 그럼 아빠는 아무런 말도 하지 않았다.

얼마 전부터 캠핑 장비를 사들이는 아빠다. "아빠 캠핑 다니려고?" 묻는 내 말에 아빠는 고개를 끄덕이며 상상만으로도 기분이 좋은지 아이처럼 활짝 웃어 보인다. 외롭지는 않을까 걱정되는 마음에 "아빠, 혼자 캠핑하면 외롭지 않겠어?"라고 물었지만, 아빠는 "이젠 혼자 있는 연습도 해야지."하고 덤덤히 말했다. 혼자 있는 연습이라니……. 텐트를 치고 앉아 있는 모습을 상상해봤다. 끝없이 넓은 바다에 비해 한없이 작아 보일 아빠의 모습이 쓸쓸해 보인다.

친구와의 약속에는 귀찮고 피곤해도 나가면서 왜 아빠가 바다에 가자고 했을 땐 가지 않았을까. 언제나 시간은 충분할 거란 착각에 나도 모르는 사이 아빠를 외롭게 만들어 버린 건 아니었을까. 함께 그린 그림을 이제는 찾을 수 없는 것처럼 아빠와의 시간도 충분하지 않을 수 있다는 걸 왜 몰랐을까.

좋아하는 바닷가를 같이 걸으며 아빠 이야기를 들어볼 걸 그랬다. 그림을 다시 그리고 싶지는 않은지 아빠의 어린 시절은 어땠는지 물어볼 걸 그랬다. 언제나 궁금한 게 많은 쪽은 아빠였고 난 늘 답만 해줄 뿐이었다. 옛날, 익숙한 바다가 지겨웠던 것처럼 사랑을 받기만 해서 사랑을 받고 있는 줄도 몰랐다.

"넌 맨날 상의도 없이 통보네."

중요한 것들을 결정할 때 모든 것을 혼자 결정하고 나서 알렸기에 엄마가 하는 말이었다. 잘난 것 하나 없는 나였기에 혼자서도 잘 한다는 걸 보여주고 싶기도 했지만 약간의 반감도 섞여 있었다. 어차피 나를 믿은 적은 한 번도 없었잖아? 언제 나한테 관심이나 준 적 있어? 이제 와서 왜 간섭하려고 하는 거지? 하는 생각들이 통보라는 행동 안에 섞여 있었다. 나를 알아주지 않는 엄마가 밉다고만 생각했다. 하지만 저 말을 하며 쓸쓸해 보이던 엄마의 표정을 머릿속에서 지우기는 어려웠다. 안타까움과 원망, 미안함과 고마움 등 여러 가지 감정이 섞인 듯 보이는 묘한 표정이었지만 그땐 엄마가 왜 그런 표정을 짓는지 알 수가 없었다. 20대가 지나고 30대에 들어선 지금은 조금 알 것도 같다. 나를 믿어준 마음을 간섭이라 여긴 건 나였다는 것을.

엄마는 이런 못난 내 마음을 다 알고 있었을지도 모르겠다. 잔인하게도 인간은 백 번 잘해줘도 한 번의 실수를 기억하고 간사하게도 좋았던 것들보단 한 번의 서운함에 오해하고 실망하는 것처럼 나도 부모님의 부족했던 점들만 되새김질 했었나보다. 상처받은 것들만 기억하느라 수없이 받은 것들은 까맣게 잊고서는 해준 게 뭐가 있냐고 대들기만 하던 딸이었다. 이만큼 클 수 있었던 것도, 공부를 할 수 있었던 것도, 넘치진 않았더라도 부족하지 않게 생활할 수 있었던 것도 모두 부모님이 곁에 있어 주었기에 가능한 일이었는데 마치 혼자서 다 이뤄낸 것인 양 착각하며 살았다. 혼자서만 잘났다며 자기만 챙길 줄 아는 이기적인 사람이자 딸이 바로 나였다.

김동영 작가의 책 『무엇이 되지 않더라도』에는 이런 글이 있다.

'인생은 온전히 나만의 것이지만 내가 그 인생에서 함께 살아갈 사람들도 배려해야 한다는 걸 알게 되었다.'

세상에 혼자서만 살아가는 사람은 없다. 그러니 조금은 주변을 둘러보는 일도 필요하지 않을까.

몸에 힘을 빼고 미운 마음을 내려놓고 나면 나를 믿고 사랑해주는 사람들이 곁을 지켜주고 있었다는 걸 알게 될지도 모른다. 그러고 보면 살아간다는 건 사랑하고 이해하는 일인 것도 같다.

제3장

친구야, 나 가거든

1. 부재중 전화 한통

혹시 당신도 귀찮고 피곤하다는 핑계와 다음에 라는 말로 옆에 있는 소중한 것들을 놓치고 있지는 않은지 모르겠다. 저런 거지같은 이유 따위로 미뤄버린 부재중 전화 한 통이 돌이키고 싶을 만큼 소중하게 느껴질지 그때의 나는 전혀 알지 못했다.

오랜 자취생활을 정리하고 고향집에 내려왔다. 내려오면서 든 생각은 딱 하나, '한동안 좀 힘들겠다.'였다. 졸업을 하고 나면 뭐라도 달라질 줄 알았지만 지금 나는 '백수'였다. 잔소리라도 듣지 않으려고 일부러 아침 일찍 운동을 핑계 삼아 집을 나섰다. 모두가 바쁘게 출근하는 시간에 아무것도 하지 않고 있는 내 시간은 초라하기 짝이 없었기에 이거라도 해야만 했다. 내게 남은 거라곤 인생 최대치를 찍어버린 몸무게가 전부였으니 "이참에 살이라도 빼지, 뭐."라며 무거운 몸을 이끌고 공원으로 향했다. 동네를 한 바퀴 돌고 오면 집엔 아무도 없었다. 대충 씻고 밥을 먹고 노트북 앞에 앉는다. 취업 사이트를 켜놓고 이곳저곳 이력서를 넣다보면 시간이 훌쩍 지나갔다. 한 달쯤 지났을까, 면접 보러 오라는 연락이 왔다. 건설 자재를 만들어 납품하는 회사였는데 전공과는 아무런 관련이 없었다. 며칠 뒤부터 출근하라는 말에 출근을 직전에 두고서까지도 한참을 고민했다. 이러려고 편입까지 해가며 다시 공부를 시작했던 게 아니었는데, 하는 보상심리가 들었던 것이었다. 하지만 현실은 뭐 하나 내세울 것 없는 이력서가 전부, 따질만한 형편이 아니었던 나는 그렇게 출근을 시작했다.

티비에서 보면 회사 내 성추행을 당했다는 사람들의 뉴스나 기사가 뜨곤 한다. 그런 걸 볼 때면 "똑부러지게 하지 말라고 말을 못하니까 그런 일이 생기지."라며 쉽게 생각했지만, 막상 그게 내 일이 되었을 때는 나도 마찬가지였다. 은근한 터치와 말들은 정말이지 참기 힘들었다. 누구에게도 말 할 수가 없었다. 말해봤자 나만 손해일 것이 뻔한 일이었고 괜히 부모님을 걱정시키고 싶지 않았다. 결국 나는 입사 3개월 쯤 사표를 던지고는 회사를 나왔다. 홧김에 던져버린 사표였다. 다시 취업 준비를 하는 것도, 다른 회사에 취업해서 적응하는 일도 버겁게 느껴졌기에 사표를 던지고 나와서도 '조금 더 버텨볼 걸 그랬나……'하는 생각이 들기도 했지만 어쩔 수 없는 일이었다. 바로 집으로 들어갈 수는 없었다. 상의도 없이 내 멋대로 그만둔 걸 부모님이 알았을 때, '그것도 못 버티고 그만뒀냐.'라는 식의 말을 듣는다면 참을 수 없을 것만 같아서였다.

곧장 바다로 향했다. 어릴 땐 지겹기만 했던 바다였지만 커서는 좋은 일이 있거나 답답한 일이 있을 때면 제일 먼저 바다를 찾았다. 고향에 있어서 가장 좋은 점은 바다가 가깝다는 것.

"왜 하필 나한테 이런 일이 생기는 거야. 진짜 잘해보고 싶었는데……."

눈물도 나지 않았고 속이 꽉 막힌 듯 답답하기만 했다. 화낼 힘조차 남아있지 않았다.

세상엔 취업보다 더 중요한 것들이 많다는 걸 진작 알았더라면 얼마나 좋았을까. 지금이야 동생들한테 일은 나중에라도 할 수 있으니 네 나이에만 할 수 있는 것들을 하라며 여행도 좋고 뭐든 괜찮다고 말하는 나지만 정작 그때의 나에겐 여유도 세상엔 다양한 방향이 있다는 걸 알려줄 사람도 없었다. 나의 어린 시절은 그저 걱정 또 걱정들로 가득한 날들이었다. 이제 무슨 일을 해야 할지, 아르바이트라도 해야 하는 건지, 오만가지 생각이 다 들었지만 당장 해결할 수 있는 일은 없었다. 바지에 묻은 모래를 탈탈 털어내고는 일어섰다.

"이제 그만 집에 가야지."

노트북을 바리바리 싸들고 카페로 나왔다. 여전히 취업 사이트를 뒤적거린다. 대구에 있는 E사의 취업공고가 떠 있었다. 전공과 맞기도 했고 근무지가 대구인 것도 마음에 들었다. 무엇보다 E사는 꽤 괜찮은 회사였다. 그 후 매일 카페로 출근 도장을 찍었다. 며칠 동안 이력서를 쓰고 지우기를 반복했다. 이번이 내 마지막 이력서가 되길 바라며 완성한 이력서를 제출했다. 면접과 시험을 보는 과정이 오래 걸려 힘들기도 했지만, 결과는 합격이었다. 내 인생도 이제 좀 빛이 나려는 걸까.

거의 1년 만에 다시 대구로 돌아갈 생각을 하니 설레기만 했는데, 그때가 11월이었다. 고작 1년 있었다고 그사이 짐이 늘었는지 싸야 할 짐이 꽤 많았다. 웬만한 것들은 택배로 붙일 예정이라 짐을 싸는데 많은 시간이 걸리지는 않았다. 이걸로 도대체 이사가 몇 번이더라……. 처음 대구에 올라갔을 때 한 번, 학교 다니면서 한 번, 직장 다니면서 또 한 번, 따져보니 8번째 이사였다. 항상 이게 내 마지막 이사였으면 좋겠다고 생각했지만, 난 그 이후로도 몇 번의 이사를 더 해야만 했다.

갖고 갈 짐 정리가 다 됐다 싶으니 피곤이 몰려왔다. 그 때 R이라는 친구에게서 전화가 걸려왔다. 고등학교 때부터 친한 친구였는데 근래 보지는 못했어도 자주 연락하던 친구였다. 하얀 얼굴에 이목구비가 뚜렷했고 유독 땡그란 눈이 예쁜 친구였다. 휴대폰을 가만히 쳐다봤다. 분명 친구랑 전화하면 통화가 길어지는 건 당연한 일이다. 말도 하기 싫을 정도로 피곤한 상태였기에 받을까 말까 고민하는 사이 전화가 끊어졌다. 보통 받지 않는다 싶으면 금방 끊고는 문자를 남겨 놓던 친구였는데 평소보다 길게 울리던 전화벨 소리. 아마 음성사서함으로 넘어가기 직전까지 벨이 울리다 끊어진 것 같았다. 무슨 일이 있나 싶기도 했지만 대수롭지 않게 넘겨버렸다. 전화야 내일 해도 되는 거니까……

다음날, 친한 언니에게서 만나자는 연락이 왔다. 대구로 가기 전에 볼 시간이 오늘 밖에 되지 않을 것 같다며 생일도 축하할 겸 미리 보자는 언니. 그러고 보니 이제 대구에 가기까지 2주 정도밖에 남지 않았고 곧 내 생일이기도 했다. 날씨가 좋았다. 하늘은 구름 한 점 없이 진한 파란색을 띠고 있었고 차가운 겨울바람 사이로 따뜻한 햇살이 내리쬐는 날이었다. 언니와 간단히 점심을 먹고 테라스가 있는 카페에 앉아 수다를 떨고 있었다. 서로의 근황들을 묻고 있었는데 갑자기 O라는 친구에게서 문자가 왔다. R이 어젯밤 죽었다고 알리는 장문의 부고.

R과 O와 나는 고등학교 동창으로 서로 친한 친구들이었다. 아무리 친해도 그렇지 뭐 이런 장난을 다 치나 싶어 O에게 문자를 보냈다.

"야, 거짓말 하지 마라, 무슨 장난을 쳐도 이런 장난을 치냐?"

곧장 O에게서 답장이 왔다.

"진짜야, R이 어제 죽었어. 내가 직접 거기 갔다 왔어."

불안한 마음을 애써 누르며 다시 문자를 보냈다.

"장난 좀 그만 치고, 전화할 테니까 전화 받아봐라."

툭, 전화를 받은 친구는 곧 숨이 넘어갈 듯이 울고 있었다. 거짓말이 아니다. 장난도 아니다.

"진짜야……? 지금 어디야. 바로갈게."

라고 말하고는 카페에서 뛰쳐나왔다.

'설마, 아니겠지, 아닐 거야.' 진짜 현실이 맞는지 판단도 안 되는 상태로 나는 O의 집으로 향했다.

문득 어젯밤 전화가 생각났다. 귀찮고 피곤하다며 미뤄버린 R의 전화.

그것이 R의 마지막 부재중 통화였다.

2. '넌 혼자 끙끙 앓는 게 문제야'

힘든 일들도 시간이 지나면 언젠가 그땐 그랬었지 하고 웃으며 이야기할 날이 온다지.

그렇다면 언젠가는 네게 전하지 못한 말들을 전할 수 있는 날도 오려나.

유독 차가운 공기가 파고드는 밤이다. 검은색 옷을 챙겨 입었다. 걱정스러운 눈빛으로 바라보는 엄마의 얼굴을 뒤로하고 "다녀올게."라고 말하며 조용히 집을 나섰다. R의 장례를 치르는 날이었다. 바다로 향했다. R, 너와는 한번도 같이 와본 적 없는 바다를 이런 식으로 오게 될 줄은 몰랐다. 이젠 정말 네가 없는 채로. 체한 것처럼 꽉 막힌 마음을 큰 한숨으로 대신했다. O가 보인다. 고등학교 친구들도 보인다. 나이가 들면서 고등학교 친구들이 모두 모이기는 아주 어려웠다. 지방마다 흩어져 있었고 다들 사는 일이 바빠 시간이 맞지 않다 보니 모두 모일 수 있는 일은 결혼식이 유일했다. 최근에는 O의 결혼식에서 모인 것이 전부였다. R은 O의 결혼식에서 축가를 불렀다. "나중에 내 결혼식에서도 불러줘."라는 내 말에 "네 결혼식에는 상송을 불러주마."라며 장난스레 되받아치던 너였다. 결혼식장에 하객들이 많아 식당이 복잡했던 탓에 우리는 밖에서 밥을 먹자고 합의를 하고는 식당으로 향했다. 오랜만에 만난 친구들이었기에 식사 시간은 시끌시끌했다. 밥을 먹으러 온 건지 수다를 떨러 온 건지 헷갈렸지만 간만에 너무 즐거웠던 시간이었다. 식사를 끝내고는 커피를 마시러 간다는 친구들에게 나는 약속이 있어서 먼저 가야 할 네것 같다고 말했다. "얼굴 보기도 힘든데 좀 더 있다 가지……." 하는 R의 말에 "조만간 또 보면 되지 뭐, 연락할게!"라고 말하며 자리에서 일어났다. 이렇게 될 줄 알았다면 좀 더 많은 이야기를 나누는 거였는데……. 조금 더 오래 얼굴을 봐두는 거였는데…….

차가운 공기 사이로 친구들의 울음소리가 섞여들었다. 그 소리는 마치 R이 이 세상에 없다는 사실을 일깨워 주는 듯했지만 여전히 나는 믿어지지 않았다. 다시는 R에게서 전화가 걸려오는 일이 없을 거라는 사실이. O가 흩어져 있는 친구들을 불러 모은다. R이 고등학교 친구들에게 남긴 편지가 있다고 했다. 고등학교 시절 추억과 걱정, 당부로 가득한 편지. 당사자는 기억도 하지 못 하는 일을 자세히 기억하고 있던 R이었다. R은 혼자서 그렇게 지난 시간을 헤집었을까. 추억을 헤집는다는 건 더욱 철저히 혼자만 남은 기분이 들게 하는 일이기도 하다는 걸 R은 알고 있었을까. 알고 있었다면, 그래서 외로웠다면, R이 전화로 하고 싶었던 말은 우리만 아는 시간을 나누는 것이었을지도 모르겠다.

"비야, 너는 나랑 비슷해서 더 걱정된다. 근래에 네가 많이 변한 것 같아서 걱정했지만, 막상 전화할 때면 여전히 내가 알고 있던 너라서 다행이라고 생각했어. 힘든 게 있으면 말도 좀 하고 친구들이랑 나누면서 살아. 넌 맨날 혼자 끙끙 앓는 게 문제야. 우리가 부산이랑 대구에서 놀던 그때가 그립다. 네 결혼식에는 샹송을 불러주겠다는 그 약속 지키지 못하고 먼저 가서 미안하다."

시간을 되돌릴 수만 있다면 되돌리고 싶었다. 붙잡고 싶은 마음에 바다가 떠나갈 듯 울기만 했다. 전화가 걸려온 그 날 밤으로라도 돌아가고 싶었다. 네 전화를 받았더라면 너는 여전히 곁에 있을지도 모르니까. 끝까지 내 걱정을 한 너였는데, 네 외로움을 알아주지 못한 내가 미웠다. 사랑한다는, 보고 싶다는 말 대신 미안하다는 말로 가득 채웠다. 그렇게 꿈 많고 예뻤던 너는 넓은 바닷속으로 저물어 갔다.

친한 대학 동생이 술 한 잔 사달라며 찾아왔다. 먼저 술을 사달라고 하는 일이 잘 없는 동생이었기에 무슨 일 있냐고 물어보니 얼마 전에 할아버지가 돌아가셨단다. 어릴 적부터 할아버지와 떨어져 본 적이 없다는 동생. 할아버지는 유달리 다정한 분이셨다고 했다. 하지만 너무 오랫동안 아프셨기에 이젠 할아버지가 아프지 않고 행복했으면 좋겠다고 말하는 동생의 얼굴에는 그리움이 가득 담겨 있다. 걱정되는 마음에 "왜 연락 안 했어, 연락했으면 갔을 텐데……."라고 말했지만, 동생은 아빠가 걱정돼서 누구에게도 연락하지 않았다고 한다. 장례식장에서 아빠는 할아버지에게 이런 말을 했다고 했다. "죄송합니다, 아버지. 제가 다 잘못했으니 용서하세요, 아버지." 사랑한다는 말보다 앞서는 용서를 구하는 말. 하지만 그 말이 곧 사랑한다는 말이었을 거라 생각하니 마음이 아파왔다. 할아버지는 이미 알고 계시지 않으셨을까. 너무나 사랑했기에 잘못한 것들만 떠올라 용서를 구하는 일 말고는 할 수 없던 아들을 마음을.

내가 R을 떠나보내면서 미안하다는 말밖에 할 수 없었던 것처럼 말이다.

동백이 피었는데요
봄이 가네요
내 마음이 피었는데
조금만 머물다 봄이 가려고 하네요
나에게도 글씨가 찾아와서
이제는 편지를 쓸 수 있게 됐는데
봄이 왔는데요
당신이 가네요

이병률 작가의 『내 옆에 있는 사람』이라는 책에 이런 시가 있다. 글씨를 배운지 1년 정도 되는 할머니가 쓴 시라고 했다. 글씨를 배워 손수 쓴 편지를 읽어 줄 사람이 없다는 사실이 할머니에겐 얼마나 큰 아픔이었을까. 글씨가 할아버지의 부재를 대신하긴 했을까.

우리는 언제나 뒤돌아서 후회한다. 최적의 타이밍을 찾다 소중한 것들을 많이도 놓쳐 버린다. 상황이 나아지면, 돈을 좀 더 벌고 나면, 생활이 안정되고 나면, 이라는 언제일지도 모를 그때를 기약하다 소중한 순간들을 모두 지나쳐 버리고 만다. 가족과의 식사라든지 친구와의 만남, 사랑하는 사람과의 소소한 일상, 여행 같은 거 말이다. 꽃피는 봄을 찾아 헤매다 결국 진짜 봄을 잃어버리고야 만다.

R이 그렇게 가버리고 난 후 나는 틈만 나면 바다를 찾았다. 인기척에도 날아가지 않고 바위에 앉아있는 갈매기 한 마리는 꼭 R이 나를 보러 온 것만 같았다. "나 이제 다시 대구로 올라가, 일도 시작할 거고 아마 지금처럼 자주 못 올 거야……." 나는 갈매기를 보며 말했다.

왜 하필 겨울인지 모르겠다. 사람들이 잘 찾지 않는 추운 겨울 바다에 혼자 외롭지는 않을까 걱정이 된다. "그래도 자주 찾아올게, 나 보고 싶으면 꿈에도 좀 나와 주고 그래."라며 투정 아닌 투정을 부리고는 모래 묻은 바지를 탈탈 털고 일어났다.

바다를 보면 나는 R을 먼저 떠올렸고 R을 떠올리면 바다가 생각났다. 그렇게 바다는 R을 기억하는 곳이 되어 있었다.

남겨진 사람의 슬픔은 형용할 수 없는 어떤 형태로 남아 계속해서 삶에 파고드는 것일까.

그렇게 덜컥 남겨진 형태를 살아가면서 어루만지고 조금씩 꺼내 보며 기억하는 것, 내겐 바다가 그랬듯 이것이 아마도 떠나간 사람과 남겨진 사람 사이의 공간이 만들어지는 일인인지도 모르겠다. 그렇다면 상실이란 그저 잃는다는 것만을 뜻하는 것은 아니겠지. 할머니에게 글씨가 찾아온 것처럼 내겐 바다가 있으니 말이다.

3. 균형을 잃고 말았다.

내게도 언젠가는 대낮처럼 환하게 빛나는 날이 올 거라 믿었다. 그날들을 상상만으로 그려내기도 했고 누군가 의미 없이 내뱉은 "왠지 넌 괜찮은 인생을 살 것 같아."라는 말에 고개를 끄덕이기도 했다. 하지만 언제나 내겐 캄캄한 그늘 같은 어둠만이 드리웠다.

대구로 다시 돌아왔다. 이젠 떠돌아다니는 것도 마지막일 거라 여겼다. 어렵게 취업한 회사였으니 오래 다니면서 하고 싶은 것도 하고 어디 가서도 떳떳하게 말 할 수 있겠다 싶었다. 매년 계획표에 적어놓기만 했던 것들을 하나하나 이뤄가야겠다고 다짐했다. 시간을 허비한 만큼 더 빨리, 많은 걸 해내야 한다고 생각했으니까. 그렇게 시작한 게 영어 회화 과외였고 꽤 열심이었다. 밤 10시에 퇴근해 늦은 시간까지 공부하고 집에 들어오면 어느새 새벽, 피곤했지만 뿌듯했다. 이대로만 하면 해내지 못할 것은 없다고, 더는 어중간하고 못나기만 했던 내가 아니라고 스스로를 격려했다. 그렇게 몇 개월, 생각했던 거와는 달리 날이 갈수록 내가 이 회사에 맞지 않는다는 느낌이 들었다. 여자들만 잔뜩 있는 일명 여초 회사에 적응하지 못한 탓도 있었고 회사 내 분위기는 더욱 받아들이기가 힘들었다. 결국 반년도 채 채우지 못하고 퇴사를 했다. 세 번째 퇴사였다. 예전엔 돌아갈 곳이 있었고 해야 할 것들이 있었기에 버틸 수 있었지만 이번엔 달랐다. 부모님에게는 물론 친구들에게도 말하지 못했다. 축하를 받으며 올라온 지 채 몇 개월 되지 않았는데 그만뒀다고 말하기가 부끄러웠고 어쩔 수 없었다는 핑계를 댈 내 모습이 싫어서였다. 결국 또다시 망쳐버렸다. 이제 돌아갈 곳은 원룸뿐이었다. 비싸기만 한 월세에 좁아터진 원룸 말이다.

이유야 어찌 됐든 또 직장을 그만둬 버렸다. 이 상황은 뭘까? 난 도대체 여기서 뭘 하는 거지? 뭘 해 먹고 살아야 할까? 나만 이렇게 바보처럼 사는 걸까? 왜 난 항상 이런 식일까? 도대체 난 뭐가 문제인 걸까? 내가 뭘 그렇게 잘못했다고 이러는 거야, 왜! 왜!! 왜!!! 이것이야말로 소리 없는 아우성이었다. 하루에도 수십 번씩 기분이 오르락내리락했고 스트레스는 극에 달하고 있었다. 뭐라도 해야겠다고 생각을 하면서도 이내 무기력해졌고 나만 이 세상에 남겨져 있는 듯했다. 알아주는 사람 하나 없었고, "요즘 안 힘든 일이 어디 있어, 버티지 못하는 건 네 의지 문제야."라는 비난 섞인 말은 나를 더욱 비참하게 만들었다. 맞는 말이기에 반박할 수도 없었다. 힘든 시기는 누구에게나 찾아온다지만 각자마다 받아들이는 무게가 달라 누군가는 쉽게 이겨내기도 하지만 다른 누구는 한없이 바닥으로 추락해버리기도 한다. 알면서도 모른 체한 것들이 나를 향해 쏟아지는 것일지도 모르겠다는 생각도 했다. 매몰차게 쳐내버린 마음과 멀어져 버린 사람들과의 관계. 하고 싶은 일을 알면서도 망설인 것, 수두룩하게 외면해버린 많은 것들이 화살이 되어 내게 돌아오는 것 같았다. 하지만 이런 상황에서도 일은 해야 했다. 모아둔 돈도 없는 상태였기에 당장 시작할 수 있는 일을 찾기 시작했다. 뭐든 상관없었다. 이미 상황은 최악으로 향하고 있었으니까.

취업 사이트를 뒤적이다 재택근무로 글을 써서 돈을 버는 일을 찾았다. 글 쓰는 건 원래 좋아하는 일인 데다 재택근무에 주급이라니, 그때의 내겐 가장 좋은 조건이었다. 일단 출퇴근의 부담이 없었고 당장 돈이 급했으니 따질 게 없었다. 그런데 회사에서 재택근무이기 때문에 통장 사진과 카드를 먼저 보내줘야 한다고 말했다. 지금이라면 씨알도 먹히지 않을 소리, 어디서 사기를 치려고 하냐며 쩌렁쩌렁 소리를 질렀겠지만, 그땐 따져보거나 의심할 여력 따위는 없었다. 그렇게 일을 시작한 지 일주일쯤 지났을까, 회사는 연락이 되지 않고 '존재하지 않는 전화번호입니다.'하는 목소리만 전화기 속에서 들려왔다. 이때까지만 해도 사기인지 뭔지 알 수가 없었다. 내가 일하는 게 별로였나 싶기도 했고 다시 연락되겠지 하며 내심 불안한 마음을 억누르고 있던 때에 문자 한 통이 왔다. '귀하의 통장이 대포통장 사기에 사용돼 모든 은행 거래가 중지됩니다.' 심장이 덜컥 내려앉았고 눈앞이 캄캄해져 왔다. 문자에서 눈을 떼지 못한 채 이건 현실이 아닐 거라 부정하며 문자를 읽고 또 읽었지만 변하는 건 없었다. 사기를 당한 것이었다.

경찰서 민원실이며 해당 은행을 찾아다니며 해결을 하려고 애써봤지만 헛수고였다. 다들 해줄 수 있는 게 없다며 경찰서에서 조사받으러 오라는 연락이 오면 그때 경찰서에 가서 조사를 받으면 된다고만 했다. 그런데 그 기간이 얼마나 걸릴지 모른다는 게 나를 더욱 미치게 했다. 이제는 하다못해 사기라니. 엉망진창도 이렇게까지 엉망진창이 될 수가 있을까 싶었다. 이런 식으로 살고 싶지 않았는데 이딴 식으로밖에 살아지지 않는 나 자신이 한심하고 밉기만 했다. 그저 뭐라도 해보려고 했던 것뿐이었는데 현실은 너무 가혹하기만 했다. 아무도 만나고 싶지 않았고 아무것도 하기 싫었다. 어차피 노력해도 이딴 식이라면 애초에 아무것도 하지 않는 것이 나았다. 그냥 이대로 죽어버렸으면 좋겠다고 생각했다. 캄캄한 방 창문 틈 사이로 스며오는 아침 햇살이 싫었고 좋아하던 노랫소리도 소음으로만 느껴졌다. 나만 빼고 잘 사는 듯한 사람들의 모습을 보고 있자면 울화가 치밀어 올랐고 행복하게 웃는 모습을 마주하기 어려웠다. 과거에 대한 자책이, 미래에 대한 걱정이 그리고 오늘의 무기력함이 날 잡아먹었다.

술을 진탕 먹었다. 집을 찾아간 게 용할 정도로 만취한 상태였다. 데려다준다는 사람들의 손길을 뿌리친 채 혼자 집까지 걸어갔다. 집 앞에 도착했지만, 집에 들어가고 싶지 않았다. 쓸데없이 비싸기만 한 좁아터진 원룸, 빛도 잘 들지 않아 불을 켜지 않으면 캄캄하기만 한, 반겨주는 이 하나 없는 그곳에 들어가기 싫었다. 건물 앞 계단에 앉아 무릎에 얼굴을 묻었다. 지나가는 사람 하나 없는 새벽, 조용하기만 했다. 나를 비추는 건 깜빡거리는 가로등 하나뿐이었다. 꺼질 듯 말 듯 한 저 가로등은 사라져가는 불빛을 잡으려는지 온 힘을 짜내는 듯 보였다. R이 보고 싶었다. 기쁜 일이 있을 때 보다 힘들 때만 널 생각하는 것 같아 미안했지만 유독 이럴 때면 R이 더욱 그리워지곤 했다.

묻고 싶었다. 너에게도 세상이 잔인하기만 했었는지.

'나 더는 살고 싶지가 않다, 친구야. 꿈꾸던 세상과 현실은 너무 많이 달라서 이젠 애써볼 힘도 그럴 마음도 남아있지가 않아. 난 있잖아, 대단한 사람이 되고자 했던 건 아니었어.

하고 싶은 일과 생각이 명확한 사람. 누가 뭐라던 마음이 곧은 용기 있는 사람, 그럼에도 남을 배려하고 아끼는 따뜻한 사람. 그저 그런 사람이 되고 싶었던 것뿐이었어.

그래서 열심히만 하면 되겠지, 언젠가는 나도 그렇게 살 수 있는 날이 오겠지 생각했지만 나는 그렇게 될 수가 없나 봐. 곧잘 휘둘리기만 하고 내 몸 하나 챙기기에도 벅찬 사람이 바로 나니까 말이야.

너에게도 그랬듯 우리가 꿈꾸던 것 그건 다 허상일 뿐이었나 봐.'

결국 시간은 아무것도 증명해주지 못했다.

4. 세상 참 불공평하지

인생이 공평하지 않다는 것쯤은 잘 알고 있었다. 크면서 자연스레 알게 되는 일이었지만 때론 그 사실은 심장이 파묻힐 만큼 아프기도 했다. 이런 세상에서 다른 사람들은 어찌 살아가는 걸까. 내 크기는 다른 사람들에 비해 보잘것없이 작아서였을까. 나는 이런 현실 앞에서 덤덤할 수도 괜찮을 수도 없었다.

울음이 목 끝까지 차오르는 날들이 계속되었다. R, 너도 그랬을까. 모질게만 느껴지는 세상과 현실을 버티기 힘들었던 걸까. 열심히 하려고 했다. 최선을 다하지 않은 적은 없었다. 세상에 뜻대로 되는 일은 없다지만 항상 무언가를 이루기 위해 노력하고 계획했다. 다른 사람들처럼 내게도 빛나는 날이 올 거라는 것을 의심하지 않았다. 그런데 그런 내게 사기라니. 이건 너무 가혹한 현실이었다. 나는 생각보다 순진했던 걸까 아니면 훨씬 더 멍청했던 걸까. 사기를 당했다는 사실이 창피해 쥐구멍에라도 숨고 싶었고 또 그런 내 모습이 꼴 보기 싫어 나 자신을 깔아 내리고 비난했다. 누구에게도 터놓지 못했고 툭하면 울기 일쑤였다. 돈을 벌고 싶었다. 부자는 아니더라도 여유롭게 살고 싶었다. 싼 비행기 표에 목매지 않아도 여행을 다닐 수 있고 때론 부모님에게 근사한 선물을 해

줄 수 있었으면 했다. 좋아하는 것을 하는데 몇 달씩이나 고민하지 않았으면 했고 가끔은 사랑하는 사람들에게 맛있는 밥도 사주고 싶었다. 돈을 벌고 싶었던 이유는 그 정도가 전부였다. 이것도 욕심이라면 욕심이었던 걸까, 그래서 결국, 이 지경까지 돼버린 걸까.

일도 쉬고 있는 상태에서 사기까지 당했으니 돈은 점점 떨어져 갔다. 은행 카드는 정지됐고 일은 구해지지 않았다. 내 하루는 멈춰있었다. 다들 아침 일찍 일어나 분주하게 준비하고 출근을 할 때, 나는 흐리멍덩한 눈을 하고는 늦은 오후가 되어서야 온몸을 감싸고 있던 이불에서 벗어났다. 모두가 한창 일을 하고 있을 시간, 나는 무엇을 해야 할지 몰라 멍한 표정으로 창문 밖만 바라보고 있었다. 어느새 저녁, 다들 퇴근을 하고 친구를 만나거나 가족들과 좋은 저녁 시간을 보내고 있을 때, 나는 전자레인지에 돌린 인스턴트 음식을 깨작거리다 퀭해진 눈으로 새벽에나 잠이 들었다. 내 하루엔 끝이 없었고, 모두 앞을 보고 걸어갈 때 나 혼자서만 뒤돌아서 걷고 있었다. 술을 먹거나 울거나, 이 두 가지가 내가 하는 일의 전부였다. 취한 상태로 잠이 들 때면 이대로 눈을 뜨지 못해도 좋다고 생각했다.

그때마다 나는 R을 찾았다. 너라면 모든 걸 이해해 줬을 텐데……. R이 무척이나 그리운 날들이었다.

가만히 있어도 주변 소식들이 들려온다. 휴대폰 하나만 있으면 안부를 묻기는 어렵지 않다. 나는 원래 SNS를 잘 하지 않는 편이었다. 너는 소식을 끊어버리면 찾지도 못하겠다며 친구들이 말할 정도였으니까 말이다. 오랜만에 들여다 본 SNS에는 친구들의 소식들로 가득했다. 한 친구는 유학을 간 듯했고 다른 친구는 여행을 갔는지 환하게 웃는 모습이 보인다. 또 다른 친구는 취업을 했나보다. 누군가는 자신만의 일상을 채워가고 있었고 다른 누군가는 시작한 사업이 꽤 자리를 잡은 듯 보였다.

행복해 보였다. 누가 SNS는 우울증을 불러일으킨다고 했던가, 모두가 잘사는 듯한 모습을 보고 있자니 이런 내 모습이 몸서리치도록 싫어졌다. 왜 나만 이렇게 살고 있는 건지, 왜 내게만 이런 일이 일어나는 건지 원망하고 또 원망했다.

차에 시동을 걸었다. 바다까지 다녀오려면 꽤 거리가 있었지만 상관없었다. 지금 내가 가진 것이라곤 시간이 유일했으니까. 한 시간 반 정도 걸려 도착하니 12시가 조금 넘은 새벽이었다. 바다는 끝없는 어둠 속에 숨어 버린 듯 조용했다. 바다 앞 돌계단 위에 걸터앉았다. R, 너를 보러온 날이면 어김없이 별은 빛나고 있었다. 지금 내가 여기 앉아 있는 걸 너는 보고 있을까? 네가 있던 그때로 시간을 되돌리고만 싶었다. 만약 시간을 되돌릴 수 있다면 우리의 운명을 다시 쓸 수 있을까? 그때의 별빛과 지금의 별빛은 다른 것처럼 아마 그럴 수는 없는 거겠지? 하지만 만약 그럴 수 있다면 우리가 헤어지는 일도 가슴 아픈 일들도 모두 다 피해서 행복한 날들만 있기를 바라볼 수도 있지 않을까.

"어중간하고 제대로 하는 것 하나 없는 내가 치열한 이 세상을 살아가기엔 너무 부족했던 걸까?

세상이 너무 불공평하게만 느껴져. 다른 사람들에게 피해 주지 않고 혼자 힘으로 떳떳이 살아가려고 노력했는데 세상은 꽤 이기적이고 복잡해서 내가 살아가기엔 녹록치가 않은가 봐.

그래서 그랬을까, 부단히 애를 써도 이 땅에 발 한쪽 붙이고 살아가는 게 힘들었던 건.

안 좋은 일들은 언제나 한꺼번에 몰려온다더니 요즘은 그 말을 절실하게 느끼고 있어. 그래도 인생은 초콜릿 상자와 같아서 더는 버티지 못하겠다고 생각할 때쯤엔 좋은 일도 주곤 한다던데 내 인생에도 그런 초콜릿이 주어지려나 몰라.

만약 그런 날이 온다면 나는 언제 그랬냐는 듯 네게 세상 참 별거 없다며 웃으며 이야기할지도 모르겠다. 너는 어때? 그곳은 지낼 만해? 가끔은 꿈에도 좀 나와 주고 그래, 많이 보고 싶다 친구야."

세상 참 불공평하다고 너에게 말했다.
세상 참 이기적이라고 너에게 말했다.
세상 참 알 수 없다고 너에게 말했다.
세상 참 살기 힘들다고 너에게 말했다.
세상 참 별 거 없다고 너에게 말했다.
하지만 넌 여전히 답이 없었다.

5. 아무 것도 없고 아무도 없을 때

우리는 모두 상실의 시대를 살아가고 있지만, 상실은 그저 잃는다는 것만은 아니기에 혹여 모든 걸 잃는다고 해도 괜찮다. 때론 모든 걸 잃었을 때, 새로운 것들이 찾아오는 법이니까.

더 나빠질 것도 없었다. 이미 최악이었으니까.

세상은 참 있는 그대로의 내 모습대로 살아가기 어려웠다. 정의를 내릴 수 있는 것은 없고 온통 복잡한 것들뿐이라 그 틈에서 갈피를 잡지 못하고 휘둘리기 일쑤였다. 그래서인지 여러 번 직장을 옮겨 다녔고 아끼던 사람들과도 멀어졌다. 조금 나아지는 듯 숨통이 트일 때면 또 다른 걸 하고 싶어 했고 한곳에 진득이 정착하지 못했다. 언젠가는 나아지겠지, 하고 싶은 걸 하며 나답게 살 수 있는 날이 오겠지 생각도 했지만, 이제는 나답게 사는 게 뭔지, 내가 하고 싶은 게 뭔지도 정확하게 알 수 없었다. 혼란스러운 날들이었다. 세상을 원망도 했고 나 스스로 다그쳐도 봤지만 달라지는 건 없었다.

그렇게 무의미한 날들을 보내던 중 친구를 만났다. 예전부터 자기 사업에 대한 꿈이 확고했던 친구였는데 얼마 전 오래 다니던 회사를 그만두고 준비하던 사업을 시작했단다. 자기한테도 큰 용기가 필요한 일이었다고 말하는 너. 혹여 일이 잘못되었을 때 잃을 것들이 두렵기도 했지만 그럼에도 불구하고 시작했다 말하는 친구의 모습은 반짝이고 있었다. 인생은 개척하는 거라더니 딱 너를 두고 하는 말 같았다.

나도 반짝이는 사람이 되고 싶었는데……. 끝까지 용기를 내지 못한 것도 해내지 못한 것도 나였으면서 항상 세상을 원망하고 현실을 탓하며 빛을 잃어가고 있었다.

나도 너와 같을 수 있을까? 나도 너처럼 용기를 낼 수 있을까?

무기력한 상태로 매일 방에 틀어박혀 무의미한 날들을 보낼 건지 아니면 다시 한 번 더 시작해 볼 건지 결정해야 했다. 후자를 선택했다. 전자를 선택하기엔 아직은 자존심이 허락하지 않았다. '아직 늦지 않았을 거야, 처음부터 다시 시작해도 괜찮아, 아직 내가 설 자리는 있을 거야.' 애써 불안한 마음을 다독이고 또 다독였다.

첫 번째 해야 할 일, 직장 구하기. 아무런 기대도 조건도 내세우지 않고 일을 구했다. 그렇게 구한 직장은 전공은 물론 이때까지 해온 일들과는 전혀 다른 분야였지만 그건 문제가 되지 않았다. 오히려 그래서 더 마음에 들었으니까. 새로운 일이 나를 새로운 사람으로 변신시켜줄 수 있지 않을까 싶어서였다.

두 번째 해야 할 일, 이사 가기. 9번째 이사라니, 도대체 몇 번이나 이사해야 정착하는 날이 올까. 그래도 나는 이 컴컴하고 좁아터진 방을 벗어나야 했다. 슬픔이 덕지덕지 붙어있는 이곳에 더는 머무르고 싶지 않았다. 다시 그때로 돌아가게 될까 무서웠으니까. 박스에 짐을 하나씩 담았다. 오래된 식기들, 최근에 산 옷이라곤 없는 오래된 옷들. 뒤꿈치가 해진 신발들, 보잘것없는 짐이었지만 내겐 전부인 것들이었다. 운 좋게도 부동산 중개사와 집주인을 잘 만나 보증금과 월세에 비해 괜찮은 방을 계약할 수 있었다. 계약서를 쓰는 내내 나는 새로운 집에는 좋은 일들만 있기를 빌었고 1년 계약이 끝나는 날에는 모든 것이 제자리를 찾기를 바랐다.

세 번째 해야 할 일, 제자리를 지키기. 새로운 일을 배우고 아직 해결되지 않은 사기 문제도 해결하고 조금이나마 돈을 모으는 것. 그 이상 아무것도 바라지 않았다. 내겐 이제 버티는 일만 남아있었다.

버티기만으로도 벅찬 날들이 지속되던 중에도 내게 한 사람이 찾아왔다. 취향이나 성향이 나랑 비슷한 듯했지만, 전혀 다른 사람이었다. 좋은 사람이라는 느낌 정도가 전부였던 사람이었는데 어느새 내 곁에서 힘이 되어주고 있었다. 자주 찾아오는 우울감에 "뭐해?"라고 보낸 의미 없는 문자 한 통에도 귀신같이 내 상태를 알아채고는 걱정스러운 얼굴로 찾아오는 사람이었다.

나를 살피는 얼굴만 봐도 '아, 이 사람 내게 마음을 쏟고 있구나.' 눈치 없는 나도 알아챌 수 있을 정도로 솔직한 사람이었다.

좋고 싫음의 경계가 확실했던 사람.

거짓 없이 솔직한 모습이 좋아 보였던 사람.

닮고 싶은 점이 많았던 사람.

이기적인 나와는 달리 따뜻했던 사람.

그래서 나와는 참 달라 무섭기도 했던 사람.

하지만 오히려 그런 점들이 당신이라면 조금은 기대도 괜찮지 않을까 생각하게 만들어준 사람.

그는 그렇게 내게 천천히 스며들어 왔다.

제4장

사랑, 너의 무게만큼
달빛이 기울어

1. 오늘 당신의 하루는 어땠나요?

누군가의 안부를 묻는다는건 그 사람을 마음에 두고 있다는 거겠지요.
오늘 당신의 하루는 어땠나요?
당신의 긴 하루 끝에 내가 있었으면 좋겠습니다.

내 나이 서른. 내게도 몇 번의 사랑이 있었다. 그 중에는 쓰레기통에
던져버리고 싶을만큼 처참했던 연애도 있었고 너말곤 안될것 같다 외
치던 눈물로 얼룩진 연애도 있었다. 하지만 늘 그렇듯 시간이 지나며
그 기억들도 흐릿해져만 갔다. 평범한 연애를 꿈꾸면서도 특별하길 원
했고 사랑에 아파하면서도 또다시 사랑을 찾았다. 특별한 사람과의 행
복한 일상을 원하면서도 확신이 없어 돌아서기도 하고 그래서 또 상처
받기도 했다. 네 마음이 그것밖에 되지 않았으니까 헤어진 거겠지 라
고 말하기엔 그 마음은 무거웠고 내 사랑이 깊었다고 말하기엔 이미
헤어져 버렸다. 좋은 사람이라는걸 알면서도 의심했고 사랑의 기회는
얼마든지 있을거라 생각했다. 아마 나는 조금 더 특별해질 수 있는 것
들을 조금 더 소중해질 수 있는 날들을 보통이라는 말 안에 가둬버리
고는 스스로 소중함을 잃어버린건지도 모르겠다. 평범하지만 보통의
연애, 그럼에도 특별한 사랑을 하고 싶다. 드라마나 영화처럼 화려하지

않아도 소소한 일상처럼 물드는 사랑, 보고싶었다는 말을 사랑한다는 말을 아무 생각과 의심 없이 할 수 있는 그런 평범하지만 가장 특별한 사랑을 말이다.

해결되지 않는 사기문제에 감정기복이 심했었다. 일도 하고 있었고 새로운 집으로 이사도 했다. 긍정적인 마음만 가지자고 다짐도 했지만 온몸 사이사이로 파고드는 불안감과 두려움, 자책은 자주 나를 사로잡았다. "너무 늦었어, 이대로는 틀린 것 같아, 나이만 먹었지 할 줄 아는 것도 해놓은 것도 없어. 내 인생은 아주 엉망진창이야."라며 억울함을 토해냈다. 앞만보고 열심히 살아 왔다고 생각했는데 오히려 뒤쳐져 있는 내모습이 원망스러웠다. 이런 부정적인 생각들로 가득한 나를 버려낼 수 있게 옆에서 붙잡아 준건 당신이었다. 무사히 서른을 맞이한 것도 당신이 없었다면 불가능 했을지도 모른다. 어떻게 당신같이 예쁜 사람이 내게 왔을까. 사기를 당했다는 사실이 알려지면 비웃음을 사지는 않을까 두려워하는 마음을 당신은 귀신같이 꿰뚫어봤다. 아무도 널 그렇게 생각하지 않는다며, 열심히 하려다 그렇게 된 일을 가지고 누가 널 비난할 수 있겠냐며 다독여주었다. 넌 뭐든 다 잘하려고 하는 생각에 말도 하지 않은채 혼자서만 움츠러든다며 당신은 되려 날 걱정했었다. 시간이 지나면 저절로 해결될테니 걱정을 사서하는 짓은 이제 그만하라며 따뜻하게 안아주던 당신이 있어 난 다시 살아갈 힘을 얻었고 잃었던 길을 찾은 것만 같았다. 안좋은 일은 한꺼번에 몰려왔다가 좋은 일들을 선물처럼 하나씩 주고 간다더니 내게 있어 그 선물은 바로 너였다.

말을 예쁘게 하던 너는 표현에 인색하지 않고 솔직한 사람이었다. 그는 언젠가 이런 말을 한 적이 있었다.

"길을 가다 익숙한듯 스치는 향에 네가 떠올랐어."

'아, 이사람 나를 많이 사랑하는 구나.'

예쁘잖아 말이, 스치는 향에 나를 떠올렸다는게. 말이 가장 어려운 거라고 다들 이야기 하곤 한다. 대게 그렇게 말하지 말걸 이라며 후회하는 일이 태반이니까 말이다. 그러고 보면 누군가를 기쁘게 해주는 말을 한다는건 어려운 일인데 너는 언제나 나를 기쁘게 만들어주었다.

우리의 연애는 그렇게 시작되었다. 처음엔 고마움으로, 다음엔 미안함으로, 그 다음엔 관심으로 점차 커져간 사랑이었다. 마지막 사랑이길 바랬고 너라면 충분히 그럴 수 있을거라 생각했다. 차로 달려 한시간 정도 남짓한 거리의 장거리 연애였기에 우리는 주말에만 볼 수 있었다. 주말 내내 같이 있다가도 헤어지기가 아쉬워 출근해야 하는 월요일 새벽까지도 같이 있다가 네가 자는 모습을 보고 출근을 하곤 했었다. 피곤함보다는 하루라도 더 같이 있는게 좋았다. 요리를 참 잘하는 사람이었다. 나도 자취를 오랫동안 한 탓에 꽤나 흉내를 냈지만 네가 만든 음식은 정말 엄마가 만들어 준 것처럼 따뜻하고 맛있었다. 쌀쌀한 날이면 "오늘은 네가 좋아하는 된장찌개를 먹을까?"라며 어김없이 찌개를 끓이던 너. 내 취향을 전적으로 반영한 두부가 거의 찌개의 반을 차지하는 된장 찌개였는데 그 찌개 하나면 밥을 두그릇씩도 먹곤 했었다. 그리고 보면 언젠가 "네가 해준 음식 먹어보고 싶어."라고 말한 적이 있었는데도 나는 한번도 너를 위해 요리를 해준 적이 없었다. 언제나 당신이 해줬으니까 그럴 필요를 느끼지 못했던 거였다. 난 그렇게 당연한듯 너의 사랑을 받고 있었다.

잘 때면 빼놓지 않고 해주던 팔베게가 좋았다. 한번쯤은 빼먹을 만도 했지만 우리가 만나던 2년 내내 한번도 빼먹은 적이 없었다. 팔이 아플 만도 했을 텐데, 뭔가를 끌어안고 자야만 잠이 드는 내 습관을 아는 네가 나를 위해 했던 행동이었다. 언제나 나를 우선으로 생각해주던 사람. 먹고 싶다는 거, 예쁘다 말했던 거, 나조차도 기억하지 못하는 사소한 것들 하나하나 기억해주던 사람.

내게 있어 너는 그런 사람이었는데 나는 너에게 이기적인 사람이었을지도 모르겠다.

우리는 각자의 일상으로 돌아갈 때면 모든걸 문자로 대신하곤 했었다. 아침에 눈을 뜨고 감을 때 까지 밥은 먹었는지 어디 아프진 않은지 오늘 하루가 힘들지는 않았는지 언제나 서로의 안부를 궁금해하고 물었다. 이건 우리가 사랑을 표현하는 방식이었고 너와 헤어진 후에도 난 여전히 당신의 안부를 물었다.

2. 페르세우스 유성우

밤하늘의 별이 가지는 의미는 특별한 것 같다. 소망을 담기도 하고, 그리운 사람을 생각나게 만들기도 한다. 지나간 옛 추억이 떠오르기도 하고, 왠지 모르게 고요해지기도 한다. 그렇게 저마다의 의미를 별에 새긴다. 조용히 빛나는 별빛에는 왠지 모를 따스함이 있었다. 달이 외로움이라면 별은 위로였다.

12년마다 돌아온다는 페르세우스 유성우가 내린다는 날이었습니다. 별을 좋아하긴 했지만, 딱히 별똥별이 보고 싶다던가. 별구경을 하러 갈 생각은 하지 못했었지요. 운 좋게 보게 된 별똥별에 허겁지겁 소원을 빌거나 어쩌다 올려다 본 하늘에 별이 예쁘다 느끼던 것이 전부였습니다. 그런데 어쩐 일인지 유성우의 소식에 며칠 전부터 설레기 시작했어요. 다들 여름이라 휴가를 간다며 부산을 떠나는데 나만 아무런 계획이 없어서였을까요. 일을 끝내고 서둘러 당신을 만났지만 우리는 어디로 가야 할지 몰라 한참을 고민했었죠. 그러다 생각해낸 곳이 첨성대였습니다. 옛날에도 별을 관측하던 곳이었으니 그곳이라면 유성우를 볼 수 있을 거라 무작정 확신했던 거였지요. 하지만 별이 빛나기엔 그곳은 너무나 밝았고 많은 별이 떨어지기에는 사람들로 가득했지요. 기대한 걸 못

봐서 실망했지 라고 묻는 당신의 말에 난 그렇게 말했었죠. 내가 올려다 본 하늘엔 빛을 내며 떨어지는 별들이 가득했다고, 난 이미 유성우를 봤다고요. 아, 이 말을 깜빡했습니다. 당신이 비행기 불빛이라며 헷갈려하던 그 빛은 별빛이었다는 걸요. 그러니 당신이 속삭이던 그 소원은 이루어질 거라는 걸요.

시원한 바람,

너무나도 밝았던 달,

머리 위 쏟아지던 별,

많은 사람들의 소원,

모든 것이 이루어져도 이상할 게 없던 밤.

이 밤, 당신과 함께여서 행복했습니다.

스물일곱. 내 인생 첫 해외 여행지로 선택한 곳은 도쿄였다.

여권을 들고 공항에 가던 날. 언젠가 여행을 간다면 설레기만 할 줄 알았던 상상과는 다르게 설렘은 두려움을 동반했다. 일본어는 물론 영어도 잘 못 하는 내가 가서 뭘 할 수 있긴 할까? 길을 잃지는 않을까 걱정이 되었다. 하지만 낯선 기분은 꼭 다른 사람이 된 듯한 새로운 느낌을 주기도 했다.

비행기를 타고 멀미하는 사람도 있을까 했는데 그게 나였다. 비행기가 이륙하기 전부터 속이 울렁울렁하더니 결국 멀미를 하고 말았다. 승

무원 언니를 붙잡고는 "아이스 아메리카노 한 잔 주세요."라고 다급하게 말했다. 아이스커피 한 잔을 시켜 죽 들이키고 나니 금세 진정이 되긴 했지만, 괜히 민망해졌다. 정말이지 촌스럽기는! 나리타 공항에 도착하니 동생이 마중을 나와 있었다. 타지에서 익숙한 얼굴을 보니 얼마나 마음이 놓이던지, 꽤 긴장하고 있었나 보다. 우리는 열차를 타고 집으로 향했다. 여행 기간 내내 신세를 지기로 했으니 오늘 저녁은 맛있는 걸 사줘야겠다고 생각하면서 나는 동생의 안부를 물었다.

동생의 집은 번화가에서 좀 떨어진 한적한 주택가에 위치한 집이었다. 일본 특유의 분위기가 물씬 풍기는 집. 타국에서 산다는 건 어떤 느낌일까. 짐을 대충 정리하고 나니 어느덧 저녁이었다. 한 것도 없는데 벌써 저녁이라니. 관광하기에는 늦은 시간이었기에 우리는 동네 근처의 술집에서 저녁 겸 술을 한잔하기로 하고 동생이 단골이라는 가게로 향했다. 이곳에서 아르바이트를 했었다고 한다. 일본에 적응하는 데 많은 도움이 되었다고 말하는 동생, 타지 생활이 고단한지 살이 많이 빠져 있는 녀석의 모습이 대견하면서도 안쓰러웠다. 하고 싶은 말도 듣고 싶은 이야기도 많았지만, 오늘은 적당히 풀기로 하고 다음 날을 맞이할 준비를 했다.

동생은 내가 온다고 꽤 많은 것을 준비했었나 보다. 다리가 아파 죽겠다는 나를 보여줄 게 많다며 이곳저곳 끌고 다니다시피 했다. 그 덕에 하라주쿠 중심에 있는 전광판에 찍혀보기도 하고, 스카이 트리와 아사히 맥주 본사의 거품 모양이 배경으로 있는 강변의 다리에선 내가 좋아하는 영화 원스의 OST를 기타로 치고 있는 소리도 들을 수 있었다. 그 다음엔 도로변에 위치한 맥줏집에 들렀다. 단순한 인테리어에 은은한 조명으로 편안한 느낌을 내는 작은 가게였는데 그냥 지나칠 수가 없었다. 낮이었지만 우린 그곳에서 맥주를 한 잔 마셨다. 이국적인 풍경과 낯선 언어를 쓰는 사람들. 가게에 앉아 그것들을 바라보고 있는 나는 꼭 영화 속 주인공이 된 것만 같았다.

"난 알 수 있소. 댁은 여주인공이오. 하지만 어떤 이유인지는 몰라도 아가씬 조연처럼 행동하고 있어." 로맨틱 홀리데이라는 영화에 나오는 대사 중 하나가 갑자기 떠올랐다.

주인공처럼 당당하고 살고 싶다 했지만 나는 정작 내가 아닌 남을 신경 쓰며 조연처럼 살고 있지는 않았을까 하는 생각. 내 인생에서만큼은 내가 주인공이었어야 했는데, 살다 보니 그 중요한 사실을 잊은 채 살고 있었다.

동생은 보여주고 싶은 것이 많다고 말했다. 하지만 낯선 곳에서의 시간은 빨랐고 우리의 시간은 부족했다. 시부야의 화려한 밤거리를 거닐다 저녁을 먹고는 서둘러 도쿄의 지옥철을 뚫고 집으로 돌아왔다. 관광도, 빛나는 도쿄의 야경도 중요했지만, 이 녀석을 만나러 온 것도 여행의 이유 중 하나였으니까. 씻고 나와 개운한 기분으로 맥주를 사러 편의점으로 향했다. 역시 우리에게 술이란 떼려야 뗄 수가 없지. 우리나라와 비슷한 듯 다른 편의점 모습에 살짝 놀란 것도 잠시, 이것저것 먹어보고 싶은 욕심에 결국 양손 가득 비닐봉지를 들고 나와 버렸다. 뼛속까지 자취생의 피가 흐르나 보다. 그게 아니라면 왜 항상 편의점에만 오면 굴복하고 마는 것인지 모르겠다. 우리는 방 한가득 술판을 벌이고는 수다에 열을 올렸다. 보지 못했던 날들 동안 동생에겐 참 많은 일이 있었더라. 울기도 했고 웃기도 했다. 행복하기도 했고 가슴이 저릿하기도 했다. 어찌 됐든 타국에서 살아보는 용기를 가진 네가 부럽다고 말했지만 동생은 내게 배부른 소리라며 타지에 살다 보면 고향이 그립듯 외국 생활이 좋아 보여도 우리나라보다 좋은 곳은 없다고 말했다. 살짝 그늘이 진 듯한 네 얼굴에 잠시 바람 좀 쐬고 오겠다며 밖으로 나와 버렸다.

한숨을 푹 내쉬고는 하늘을 올려다봤다. 별이 가득 뜬 밤하늘을 보며 네게 아픈 일들은 없었으면 좋겠다고 소원을 빌었다. 낯선 사람이 비는 소원이라 이 곳, 도쿄의 별들은 들어주지 않으려나. 그래도 네가 살고 있는 곳이니 이것쯤은 들어주지 않을까. 솔직하고 예쁜 네가 더 이상 외롭지 않았으면 하는 마음에 난 그렇게 계속해서 밤하늘을 올려다 보았다.

어느새 돌아가야 할 시간. 공항까지 데려다준다는 동생의 말을 거절했다. 널 두고 가는 길이 어려울 것만 같아서였다. "언제 한번 다시 놀러 와요."라고 말하는 너를 보며 "응, 조만간 또 올게."라는 기약 없는 말을 하고선 기차를 탔다. 손을 흔들고 있는 동생의 얼굴에서 아쉬움이 묻어

난다. 아마 나도 똑같은 얼굴을 하고 있겠지. 네가 집으로 돌아가는 길이 쓸쓸하지 않기를 바랐다. 만남이 있으면 헤어짐도 있는 법이라던데 그렇다면 우리가 다시 만나는 날도 있다는 거겠지.

조만간 다시 보자. 잘 지내. 안녕.

안녕. 도쿄.

3. 우리, 어디로든 떠나보자

어디든 가볼까.

풀숲에 앉아 지나가는 개미를 헤아려도 좋고

높은 산에 올라 소리만 실컷 지르고 와도 괜찮아.

흐르는 강에 바람 빠진 튜브처럼 가만히 물에 떠 있는 것도 나쁘지 않겠어.

무엇을 하든 상관없어.

그러니 우리 어디로든 떠나보자.

내가 사는 곳은 공항과 아주 가깝다. 하루에도 몇 번씩 비행기가 지나다니는 모습을 볼 수 있지만 내게 있어 비행기는 온 신경을 곤두서게 하는 소음 덩어리에 불과했다. 나와는 평생 관련이 없을 것 같았기 때문이었는데, 그러면서도 언젠가 나도 한 번쯤은 저걸 타고 떠나게 되는 날이 오지 않을까 싶은 소망을 품게도 했다. "비행기가 지나다니는 소리 때문에 시끄러워 죽겠어."라고 불평하면서도 "난 언제 저 사람들처럼 비행기를 타고 여행 한번 가보냐."라고 말했다.

스튜어디스를 꿈꾼 적이 있었다. 해외 각국을 돌아다니는 것도 매력적이었지만 스튜어디스만의 당당한 걸음걸이와 상냥한 미소가 좋았다.

스튜어디스가 되면 그들처럼 당당하고 멋진 사람이 될 것만 같은 느낌 때문이었지만 결국 이루지 못한 꿈이 되었다. 생각해보면 그리 간절하지 않았던 것도 같다. 그저 '당당하고 멋진 사람'이 되고 싶었던 것이지 꼭 스튜어디스가 되고 싶었던 건 아니었던 거다.

나이가 들면서 친구들 대부분이 해외여행을 다녀오고 유학도 많이들 다녀왔지만 난 항상 친구들의 후기를 들으며 부러운 눈을 한 채 연신 "좋았겠다."는 말만 내뱉곤 했다. 누구 하나 가지 말라고 한 적도, 하지 말라고 한 적도 없었다. 그런데 왜 시도해 볼 생각을 하지 못했던 걸까? 그래서 뭐든지 처음이 중요하다고 말하는 것인지도 모르겠다. 첫 여행, 첫사랑, 첫눈 등 처음이 어떻게 시작되고 마무리되느냐에 따라 그다음이 결정되곤 하니까.

그때의 내겐 단지 '처음'이 없었던 것뿐이었다.

내 사주에는 역마살이 세개나 들어 있다고 했다. 점만 보러 가면 듣는 소리였기에 나중에는 정말 어디 한 곳에 딱 눌러 살 팔자는 아닌가 싶기도 했다. 그 덕분인지는 몰라도 10번이나 되는 이사를 하고 직장도 여러 번 옮겨 다녔다. 어느 한 곳에 오래 정착하지 못했고 언제나 밖으로 돌아다니기 일쑤였다.

첫 번째 도쿄 여행은 병이라면 병인 나의 이런 성향에 더욱 불을 지폈다. 여행 가고 싶다는 말을 습관처럼 달고 살았고 지나가는 비행기만 보면 "내가 저기 타고 있었어야 하는 건데."하며 사라질 때까지 바라보곤 했다. 집에는 온갖 여행 서적이 쌓였고 인터넷에 올라온 사람들의 여행 사진들을 보며 그곳에 있는 나를 상상하기도 했다. 친구는 집에서 푹 쉬면 되잖아, 꼭 여행만이 답이냐며 그만 좀 하라는 듯 머리를 절레절레 흔들었지만 내게 있어 집이란 편하게 쉴 수 있는 곳이라기보단 해야 하는 것들과 걱정들이 몰려오는 집합소에 가까웠다. 그래서 항상 벗어나고 싶었다. 익숙한 물건, 익숙한 사람, 익숙한 일상, 좋다. 익숙한 것들이 주는 안정감과 편안함은 그 무엇도 대신할 수 없다는 걸 알지만 그럼에도 이 모든 것들에서 도망치고 싶다고 생각했다. 나를 짓눌러 오는 것들에서 벗어나고만 싶었다.

만약 다시 떠나게 되는 날이 온다면 오랫동안 돌아오고 싶지 않다고도 생각했다. 완전히 다른 내가 될 수 있었던 그 날이, 진짜 내 모습 그대로를 만날 수 있었던 그 시간이 눈앞에 아른거려서였다.

오늘도 10분 간격으로 맞춰 놓은 시끄러운 알람 소리에 마지못해 몸을 일으키고는 꾸역꾸역 씻으러 화장실로 들어간다. 거울을 보며 큰 한숨을 깊게 한 번 내뱉는다. 출근 준비를 하고 집을 나서기까지 표정에는 웃음기 하나 없다. 차에 시동을 건다. 회사는 그리 멀지 않지만 걸어서 가기엔 조금 먼 듯한 거리다. 운동도 할 겸 걸어서 출퇴근을 하자는 다짐도 해 보지만, 매번 실패한다. 사무실에 도착해 컴퓨터를 켰지만, 머리는 멍하기만 하다. 습관처럼 일한다. 사실 별다른 의욕도 의지도 없다. 그저 하루하루를 살아낸다는 느낌만이 있을 뿐이다. 퇴근길, 해가지는 하늘이 예쁘다는 둥 그런 감성 같은 건 없어진 지 오래. 그저 빨리 집에 들어가서 침대에 몸을 눕히고 싶다는 생각뿐이다. 저녁을 먹고 난 후 밀린 집안일을 하고 씻고 나오면 벌써 시간은 밤이 되어있다. 그렇게 매번 하루가 지나간다. 나이를 먹는다는 게 이런 걸까. 어른이 된다는 게 이런 거라면 너무 슬픈 일이라는 생각이 들었다. 의지가 약해 끝까지 해낸 것 하나 없었어도 하고 싶은 것들은 많았었는데, 지금의 나는 회색 빛의 건물들에 둘러싸인 하루처럼 아무런 색깔도 띠지 못한 채 가라앉아 있다. 무엇을 하고 싶은 건지, 무엇을 해야 하는 건지 모르겠다. 고민하고 묻고 또 물었지만 이젠 이런 고민을 하는 게 맞는 건지조차 알 수 없을 지경이 되어 버렸다.

하고 싶은 것도, 좋아하는 것도 없는 상태.

나는 여전히 길을 찾지 못했는데 벌써 서른이 되어 버렸다.

내가 좋아하는 영화 중에 '월터는 상상은 현실이 된다'는 영화가 있다. 지극히 평범하고, 인생에서 특별한 경험을 해본 적 없는 월터. 그는 특별한 일들을 상상하는 버릇이 있다. 하고 싶지만 절대로 하지 못할 것만 같은 일들이 대부분이었다. 16년 동안 라이프 사(社)에서 필름을 현상하는 일을 하던 월터는 폐간을 앞둔 잡지의 마지막 표지가 될 예정이었던 숀의 25번째 사진 '삶의 정수'를 잃어버려 해고될 위기에 처한다. 월터는 사진작가인 숀을 찾아 나선다. 평소의 월터라면 절대 하지 않았을 일. 만취한 파일럿의 헬리콥터를 타기도 하고, 바다에 뛰어들어 상어와 싸우고, 히말라야 산맥을 등반하고 나서야 월터는 숀과 만나게 된다. 눈표범을 눈앞에 두고 "아름다운 것들은 관심을 바라지 않아."라고 말하는 그에게 월터는 25번째 사진이 뭐냐고 다그치지만 "가장 아름다운 월터."라고 말하는 숀. 결국 월터는 사진을 찾지 못한 채 해고되었지만, 아버지가 생전에 선물로 주신 '잘 다녀오렴, 아들.'이라고 새겨진 여행수첩은 어느새 가득 차 있었다. 숀을 찾아 나선 여정은 월터 자신이 잊고 살던 삶을 찾아가는 여정이었고, 월터의 상상은 이제 더는 상상이 아닌 현실이 되어 있었다.

애타게 찾아 헤매던 숀의 25번째 사진은 바로 일에 열중한 월터의 모습이었다. 일상에 충실한 그는 가장 아름다웠고 그것이 곧 삶의 본질이자 삶의 정수였다. 아름다운 것들은 관심을 바라지 않는다는 말은 바로 월터를 두고 한 말이었다. 반복되는 비슷한 삶을 살아가지만 그럼에도 모두들 자신만의 꿈을 가지고 있다. 스스로 알아채지 못할 정도의 사소한 어떤 것일지라도. 커다란 현실 앞에 주눅 들고 특별한 것 하나 없는 자신이 한없이 작아 보이더라도 우리는 살아가다 한 번쯤은 용기를 내야 할 때가 있다. 내게도 그런 때가 온다면 마음이 시키는 대로 따라갈 수 있는 용기를 가지고 있었으면 하고 바랐다. 지긋지긋하다고 말하던 일상 속에서도 나는 아름다운 존재였다는 것을 잊지 않기를 다짐하면서 말이다.

세상을 보고 무수한 장애물을 넘어 벽을 허물고 더 가까이 다가

가 서로를 알아가고 느끼는 것. 그것이 바로 우리가 살아가는 인

생의 목적이다.

– 월터가 근무하던 라이프 사(社)의 모토 –

4. 시간 참 빠르더라

밤하늘 가득 떠 있는 저 달에
너를 매달아 본다
너의 무게만큼
달빛이 기울어
네가 내게 오지 않을까 해서

그렇게 많은 별이 뜬 밤은 오랜만이었다. 까만 밤하늘에 보석을 박아 넣은 듯 영롱하게 빛나는 별들이 바다 위에 선명하게 그려져 있었다. 그날은 너를 보러 간 날이었다. 시간은 슬픔마저 흐릿하게 만들어 주는 건지 의외로 나는 담담한 표정으로 네 앞에 서 있었다. 추운 날씨에 바닷가라 그런지 모래사장은 습기를 잔뜩 머금어 축축했지만 상관하지 않고 그냥 앉았다. 그래야 널 오래 볼 수 있지 않을까 싶어서였다. 네가 그렇게 가버린 지도 벌써 1년이 지났다니 시간 참 빠르다. 그 사이 팍팍한 세상에서도 모두 각자의 자리를 잡았다. 친구들 모두 둘러앉아 네 편지를 태웠다. 편지는 추운 날씨에도 불구하고 금세 타버렸다. 우리가 지내온 시간에 비해 빨리도 타버리는 편지. 이제 너의 흔적이라곤 이곳, 바다만이 남아있었다. 아마 이런 우리들을 넌 보고 있었던 게 분명했다.

그러니 그토록 별이 빛났겠지. 그게 아니라면 그날은 아마도 비가 왔을 테니까.

만남이 있으면 헤어짐도 있는 법이라고 했지만 언제나 헤어짐은 힘들기만 했다.

나이가 들면 무던해질까 싶었지만 헤어짐은 좀처럼 익숙해지지 않았다.

철없던 어린 시절의 이별과는 달라서였을까, 마지막 사랑이라 여겼던 탓이었을까 당신과의 이별은 유달리 힘이 들었다. 갑작스러운 이별 때문이었을지도 모르겠다. 우리가 헤어진 계절이 가고 두 번째 겨울이 오려 한다. 서른이 되면 결혼을 하자던 네가 곁에 없는 채로 난 서른이 되어 있다. 언제 이만큼 시간이 흘렀을까. 하늘이 저만큼 높아져 있다.

우리는 헤어지고 난 뒤에도 몇 번을 더 만났다. 공원 앞 카페, 헤어지고 난 후 처음 너를 본 날이었다. 차마 얼굴을 바라보지 못하는 나를 보며 너는 잘 지냈냐며 물어왔다. 어떻게 저리도 아무렇지 않게 인사를 건넬 수가 있는 건지 화가 치밀어 올랐다. "하고 싶은 이야기가 뭐야, 용건만 간단히 말해." 차갑게 말을 건넸다. "그땐 미안했어." 나는 고개를 들어 너를 쳐다봤다. "이제 와서 그게 다 무슨 소용이야."라고 말했지만 네 얼굴빛이 좋지 않다. 많이 아프기라도 했던 걸까……. 어디 아픈 거냐고 물어봤지만 넌 말하기 곤란할 때만 짓는 어색한 웃음을 보이며 괜찮다고만 말했다. 그 모습에 더욱 꼬치꼬치 캐물었다. 우리가 헤어진 사이라는 건 상관없었다. 그저 네가 아프지 않았으면 좋겠다는 생각뿐이었다. 눈이 좋지 않다고 했다. 이대로라면 실명이 될지도 모른다는 의사의 말은 자신도 받아들일 수 없을 만큼 충격적이었다고 했다. 내게 부담 주고 싶지 않은 마음에 일부러 사소한 걸 트집 삼아 헤어졌다는 너의 말을 나는 믿을 수가 없었다. "그걸 왜 이제야 말해, 진작 알았으면 좋았잖아……."

아무것도 모르고 너를 미워하고 원망만 하던 나였는데 그동안 혼자서 얼마나 힘들었을까. 그런 내가 너는 밉지는 않았을까.

난 끝까지 네게 못된 사람이었구나.

그러고 보니 이 공원, 너와 추억이 많던 곳이다. 지금은 없어졌지만, 강변을 가로지르던 흔들다리를 너와 건넜었는데, 지금은 카페 축에도 끼지 못할 오래된 카페에서 처음 만나 커피를 마시던 곳도 아직 저기 있다. 주차장 앞 트럭 포장마차에서는 술로 너를 이겨보겠다며 술을 진탕 마시고 진상을 부리기도 했었고 이곳에서 네가 운전 연습을 시켜주기도 했었는데 시간이 지나고 우리의 연애가 길어지면서 피곤하고 귀찮다는 이유로 공원에 가자는 네게 싫다고만 했었다. 예쁜 풍경을 바라보는 걸 좋아했던 너였는데, 밤빛에 번진 듯한 공원이 이렇게 예쁜 줄 알았다면 자주 네 손을 잡고 걸을 걸 그랬다.

익숙함에 속아 소중한 걸 잃는다더니 이번엔 너를 떠나보내고야 말았다.

우리가 헤어진 후 두 번째 만나게 된 날, 너는 "곁에 있어 줄 수 있어?"라고 물어 왔다.

큰 용기를 내서 했을 말. 하지만 그 이후 나는 너에게 다시 연락하지 않았다. 끝까지 나는 너에게 나쁜 사람이었다. 너는 언제나 내게 힘이 되어주던 사람이었는데 네가 필요로 할 때 나는 정작 곁에 있어 주지 못했다. 정말 네가 아무것도 보지 못하게 된다면 그 사실을 감당해내지 못할까 무서웠고, 그렇게 되었을 때 당신이 받게 될 더 큰 상처가 두려웠다. 솔직하게 말이라도 했으면 좋았을 텐데 나는 역시나 속마음을 말하지 못한 채 도망쳐 버렸다. 너를 사랑하고 있었음에도 난 여전히 너무나 이기적이었다.

바람이 꽤 차가워졌다. 이제는 후드티를 입고서도 더 따듯한 외투를 찾게 되는 걸 보면 겨울이 시작되려나 보다. 예쁜 돗자리를 하나 살까 생각해봤다. 옥상에 평평하게 펼쳐놓고 물먹은 빨래처럼 드러누워 요즘 따라 유난히 밝게 빛나는 별을 바라보면 좋을 것 같아서였다. 혼자 컴컴한 옥상에 올라가는 게 무서울 줄 알았는데 생각보다 그렇지도 않다. 아마 네가 매번 같이 올라와 주었던 기억 때문인가 보다. 가만히 앉아 하늘을 올려다봤다. 지금쯤이면 흐릿해졌을 거라 생각했는데 여전히 너는 참 곳곳에 선명히도 남아있다. 이젠 괜찮을 거라 여겼는데 그건

또 아니었나 보다. 지금, 이 순간 네가 그리운 거 보면. 시간은 야속할 정
도로 빠르게 흘러가고 추억들도 흐릿해져 간다. 내가 기억하고 있는 기
억이 맞는지조차 의문이 든다. 하긴 뭐, 맞고 아니고는 이제 와서 상관
이 없다. 아마 네 기억 속의 나도 그럴 테니까. 잘 지내고 있을까, 너의
안부를 묻고 싶은 날이다. 연락해볼까 망설이다 이내 휴대폰을 주머니
속으로 집어넣었다. 이제 와서 이게 다 무슨 소용인가 싶었다.

5. 마음의 크기

널 이해하는 만큼, 너도 날 이해하는지
널 생각하는 만큼, 너도 날 생각하는지
널 아끼는 만큼, 너도 날 아끼는지
마음의 무게는 아무도 알지 못한다.

다만 서로가 자신이 더 무거운 쪽이라 여기고 상대의 마음은 나보다
그 무게가 가볍다 여기곤 한다.

그렇게 마음의 크기를 재다 부딪쳐 버린 감정의 무게들은 결국 산산
이 조각나 우리 주위를 어지럽혀 버린다.

사람에게 실망하는 일이 반복될 때마다 많은 걸 바라지 말자고 다짐
아닌 다짐을 하곤 했지만, 누군가 내게 기대는 것이 좋았다. 남에게 힘
든 일이 있을 때 조금이나마 버팀목이 되어 줄 수 있다는 건 사실 나를
위로하는 일이기도 했으니까. 하지만 결국 이것이 사람들에게서 벗어
나고 싶다고 생각하는 일이 되어버렸다. 이야기를 들어주는 게 지겨워
졌다. 대개 부정적인 이야기들이었기 때문에 그런 말들을 듣고 있자면
덩달아 지쳐가는 것 같았다. 끝없는 어둠 속으로 빨려 들어가는 기분.

그렇게 마음을 쏟았음에도 불구하고 내 마음만큼 따라주지 않는 너

에게 실망하는 건 더더욱 힘든 일이었다. 뱉어내지 못한 화들이 내 안에 가득 찼다. 차라리 소리라도 지르고 악이라도 썼다면 괜찮아졌을지도 모르겠지만. 난 언제나 사람 좋은 척 웃는 얼굴로 가면을 썼다. 이해하는 척, 배려하는 척. 이제 그만할 때도 되지 않았냐, 정도껏 하라는 말이 목 끝까지 올라오는 걸 꾸역꾸역 참아냈다.

눌러 담은 화의 방향은 사랑하는 사람들에게로 종종 향했다. 어릴 적, 나는 절대 그러지 말아야지 생각했던 바로 그 행동이었다. 어른이라면 자기 감정 정도는 스스로 컨트롤할 줄 알아야 한다고 말하던 나였는데, 너라면 이런 나마저 이해해줄 것만 같아서 그랬을까. 언제 이렇게나 많은 화가 내 안에 깊숙이 쌓여 자리하고 있었던 걸까. 마음을 위로하는 방법도, 화를 제대로 내는 방법도 알지 못한 채 난 그렇게 시들어갔던 것 같다.

나는 누군가에게 위로가 될 수 없었다. 누군가 내게 위로가 될 수 없었던 것처럼.

나는 나를 위로했어야 했다. 내게도 마음을 쏟았어야 했다.

그렇게 행복을 스스로에게서 찾았어야 했다.

평생을 같이할 거라 생각한 M이라는 친구가 있었다. 우리는 서로에 대해 너무나도 잘 알았고 고등학생 시절부터 거의 10년이란 시간을 함께했었다. 남들이 우리를 보면 항상 그런 말을 했다. "너희 보면 참 신기해, 그렇게 성격이 다른데 친한 거 보면 말이야." 그런 말에 지지 않겠다는 듯 "우린 달라서 더 친한 거야, 비슷한 성격이었으면 안 친했을지도 몰라."라며 우리 사이를 증명하려는 듯 말했었다. 사실 다른 성격 탓에 난 M에게서 많은 것들을 채워나갔다. 속마음을 잘 털어놓지 못하는 성격을 잘 아는 M은 언제나 내 이야기를 들어주었고, 나는 M 앞에서만큼은 '들어주는 사람'이 되지 않아도 되었다. M과 함께라면 언제나 즐거웠는데 그랬던 M과 연락조차 하지 않는 사이가 될 줄은 상상조차 하지 못했다. 우리가 이렇게 멀어지게 된 건 내 탓이었다. M이 내게 손을 내밀었을 때 난 M을 두 번이나 외면해버렸고, 그러고도 용기가 없어 M을 한번 찾아가지도 못했다.

M, 너는 활발한 성격에 솔직하고 웃음이 많았지. 꽤 제멋대로인 부분이 없지는 않았지만 그런 점조차 미워할 수 없는 그런 아이였어. 고등학교 때부터 20대 후반이 되기까지 우린 언제나 붙어 지냈지만 단 한 번도 싸운 적이 없었지. "우리 혹시 싸우게 되면 다신 안 보는 거 아니냐." 하고 농담으로 말한 적이 있었는데 말이 씨가 된다더니 정말 그렇게 되어버렸네……

싸우게 된 건 계모임이 발단이었지만 우리가 이렇게 멀어지게 된 건 내 탓이었다. 5명이서 하는 작은 계였는데 모두 타지에 흩어져 있었기에 매번 모일 때마다 교통편부터 장소, 숙소까지 정하는 데 있어서 의견

차이가 있었다. 그런데 이번에는 타협이 잘 되지 않았다. 의견차이야 좁히면 그만인데 M은 계를 그만두겠다고 했고 난 그런 M의 행동에 화가 날 뿐이었다. M은 이유를 설명하려 했지만 M의 말은 듣고 싶지 않았다. M의 제멋대로인 부분이 지겨워졌다. 평소였다면 너니까, 너의 톡톡 튀는 그 점을 좋아했으니까 라고 이해하고 넘어갔을 일이었지만 이젠 왜 항상 나만 M을 이해해야 하냐며 짜증이 나기 시작했다. 언제나 널 더 생각하고 이해하고 배려하는 건 나인 것만 같다는 그 얄량한 마음의 크기 때문에.

　너와 멀어진 지도 3년이 훌쩍 지났다. 네 생일에 전화라도 걸어볼까 얼마나 망설였는지 모른다. 미안했다고, 너무 보고 싶었다고 말하고 싶었지만 차마 연락 할 수가 없었다. 두 번이나 널 외면하고도 용기가 없어 네게 손 한 번 내밀지 못한 내가 그럴 자격이나 있을까. 그저 멀리서 네가 잘 지내기만을 행복하기만을 바랄 뿐이었다.

6. 유일하게 변하지 않는 건

서른, 이젠 웬만한 일에는 놀라지도 않고 어지간한 일에는 눈물을 쏟지도 않는다. 웃을 일은 생각보다 많지 않고, 친구도 점점 줄어간다. 만나고 싶은 사람보다 만나야 하는 사람을 만나는 일이 더 많아지고 이상보다는 현실을 따지게 된다. 나이가 든다는 게 이런 건가 싶다가도 또다시 아무렇지 않게 일상을 보낸다.

고향 집에 다녀왔다. 여전히 "공주 왔어?"라고 말하며 반겨주는 아빠.

내 손에 짐이라도 들려 있으면 힘들까 싶어 냉큼 자신의 손에 쥐어 드는 아빠.

모든 것들이 빠르게 변해 가는데도 참 변하지 않는 사람, 난 그런 아빠가 언제나 좋았다.

오랜만에 고향 집에 왔지만, 결혼 이야기는 빠지지 않는다. 3년 안에 시집을 가라는 말에 나는 "엄마는 아빠의 어떤 점이 좋아서 결혼했어?"라고 물은 적이 있다. 나이가 들수록 늘어가는 의심 때문인지, 도대체 어떤 확신이 들어야 결혼이란 걸 할 수 있는 것인지 궁금했기 때문이었다.

엄마랑 아빠가 연애할 시절에 아빠가 엄마를 가족에게 소개해 준다고 집으로 데려간 적이 있었다고 했다. 아빠의 발걸음이 향하는 작고 허름한 집을 보며 엄마는 저 집만은 아니었으면 좋겠다고 생각했지만, 아빠는 그 집으로 곧장 엄마를 데리고 갔다고 했다. 그런데 엄마는 오히려 아빠의 그런 점이 마음에 들었다고 했다. "왜?"라고 물었다. "아빠의 당당한 행동이 멋있었어. 작고 허름한 집에 데려가는 걸 부끄러워할 수도 있었을 텐데 너희 아빠는 부끄러워하기보단 엄마에게 당당히 보여주고 행동하는 모습에서 '아, 이 사람은 내가 믿고 따라갈 수 있겠구나' 싶었어."

아빠는 그때나 지금이나 참으로 똑같았나 보다. 내가 서른이 될 동안 아빠는 단 한 번도 실망스러운 모습을 보인 적이 없었다. 언제나 자랑스럽고 다정한 아빠였다. 어릴 적엔 아빠라면 당연히 그래야 되는 게 아닌가 생각했지만, 지금은 그것이 얼마나 어려운 일인지 알고 있다. 그래서 오히려 힘든 내색 한 번 하지 않는 아빠에게 딸로서 많은 걸 해주지 못해 항상 미안하기만 했다. 엄마에게도 아빠는 그런 사람이겠지.

지금도 여전히 티격태격 싸우지만 뒤에서는 "너희 아빠만한 사람 없어, 아빠한테 잘해."라고 말하는 건 엄마도 변치 않는 아빠를 많이 믿고 사랑하고 있다는 것일 테니까.

봄이 오긴 했는지 공원 한가득 꽃이 피어있다. 벚꽃부터 시작해 개나리, 민들레, 이름 모를 들꽃까지 주위를 둘러봐도 온통 꽃이다. 추운 겨울이 지나고 나면 봄이 온다. 매일 밤 달이 다른 빛을 비추듯 우리는 제각각 변해가고 있다. 모든 것이 빠르기만 하다. 아, 저기 민들레꽃이 자리한 곳에 토끼풀꽃이 가득 피어있는 것이 보인다.

토끼풀꽃아 여기저기도 흩어져 있구나
어찌 이리도 많이 피었는지
너는 나의 어린 시절 기억마저 떠오르게 하는구나
토끼풀꽃, 너를 엮어 예쁘게 팔찌를 만들어 손목에 끼고는 했었는데
아빠가 능숙하게 만들어 주던 그 꽃팔찌는 참으로 예뻤다
토끼풀꽃 팔찌 하나에 좋아하던 난 어렸었고 아빠는 젊었었지
하지만 지금의 난 너무 커버렸고 아빠는 늙었구나
그런데 토끼풀꽃아, 너는 여전히 예쁘기만 하다
지금에 와서도 변하지 않는 건
너와 아빠의 사랑뿐이구나

아빠는 봄이면 토끼풀꽃을 꺾어 팔찌와 목걸이를 한가득 만들어 주곤 했었다. 나는 무엇보다 아빠가 만들어준 꽃팔찌가 좋았다. 손재주가 좋은 아빠가 정성스레 엮어 만들어준 팔찌는 참 예쁘기도 했었는데, 이젠 아빠와 꽃구경 한 번 가기가 어렵다. 예쁘게 핀 꽃들을 보며 생각했다. 우리가 같이 꽃을 볼 수 있는 날이 얼마나 될까. 아마도 그리 많지 않을 것이다.

"내가 나중에 좋은 거 많이 해줄게."라고 말해도 부모님은 "딸이나 좋

은 거, 예쁜 거 많이 해."라고 말한다. 서른 살, 다 큰 딸이 여전히 아이 같은지 밥은 먹었는지, 아프지는 않은지, 일이 힘들지는 않은지 걱정하는 부모님은 언제나 자신보다 나이만 잔뜩 먹은 딸이 우선이다. 언제나 괜찮다고 말하는 사람, 세상에 변하지 않는 것은 없다지만 부모님의 사랑만큼은 변하지 않나 보다.

대부분의 친구들이 결혼했다. 인스타그램이나 페이스북을 보면 내가 육아일기를 보고 있는 건가 하는 착각이 들 정도였다. 요즘엔 다들 늦게 결혼한다지만 흔히 말하는 결혼적령기에 들어와 있는 나이였기에 친구들을 만날 때면 꼭 한 번쯤은 이런 이야기들이 나온다. "넌 어떤 남자랑 결혼하고 싶어?"

키는 좀 큰 편이었으면 좋겠고, 마른 것보다는 덩치가 좀 있는 게 좋아. 그리고 무엇보다 성격이 좋아야 한다고 말했지만 음······. 어딘가 부족하다. 결국 내가 내뱉는 말은 언제나 똑같았다.

"딱, 우리 아빠 같은 사람이면 좋겠어."

변함없는 사람, 그 점이 고지식하고 지겹게 느껴질 때도 있지만 그럼에도 한결같은 사람. 재밌는 사람은 아니어도 재밌는 일들을 같이 하려고 하는 사람. 추억을 만들고 소중히 여기는 사람. 자신이 조금 힘들더라도 남을 배려할 줄 아는, 튼튼한 나무처럼 언제나 믿음이 되어주는 사람이 바로 아빠였다. 친구들은 이내 또 아빠 자랑이 시작됐다며 못 말린다는 듯 고개를 절레절레 흔든다.

아빠랑 통화할 때면 평소와는 달리 애교 섞인 높은 톤의 목소리를 낸다. 아프지는 않을까 힘든 일이 있지는 않을까, 목소리만으로 내 상태를 파악하는 아빠였기에 자취를 시작하면서 배긴 습관이었다. 옆에서 이런 내 목소리를 듣는 사람들은 쟤가 왜 저러냐는 표정으로 쳐다볼 정도였다. 무뚝뚝한 목소리로 전화를 해서는 다짜고짜 결혼은 언제 할 거냐고 묻는 아빠다. "난 아빠랑 오래오래 놀다가 나중에 결혼하지 뭐."라는 내 말에 "안 놀아줘도 되니까 쓸데없는 소리 하지 말고 빨리 시집이나 가세요."라고 말하는 아빠. 하지만 분명 아빠의 목소리에는 희미하게 웃음기가 배어있었다.

오래오래 놀아야지.
자주 보지 못한 만큼 더 오래오래 추억을 만들어야지.
언제나 변함없이 곁을 지켜준 부모님이
이젠 내 걱정 대신 자신만 챙길 수 있도록
내게 준 것보다 더 많은 것들을 해줘야지.
그렇게 오래오래 함께해야지.

7. 내 여행은 언제나

내내 여행은 언제나 싼 비행기 표에 좌지우지되는 걸까.

왕복 12만 원이란 저렴한 가격의 비행기 표를 보고는 덜컥 대만 행 비행기를 예약해 버렸다. 원래는 혼자 가려던 여행이었지만 어쩌다 보니 가장 친한 친구이자 동시에 언니(빠른 년 생인 관계로)인 사람과 함께하게 되었다. 언니는 여행이 처음이었다. 혼자였다면 불가능했을 나의 첫 도쿄 여행처럼 이번엔 내가 언니의 첫 여행을 함께해주고 싶었다. 그래서 꽤 열심히 계획한 대만 여행이었다. "우리 다른 생각들은 접어 두고 그저 설렘만 가득 채워 떠나보자, 언니."

밤 비행기를 타고 도착한 대만은 새벽이라 그런지 생각보다 덥지는 않았다. 이 낯설기만 한 도시가 무섭지도 않았는지 우리는 무거워서 덜컹거리는 캐리어를 끌고는 거침없이 숙소로 발걸음을 옮겼다. 짐 정리를 끝내고 나니 어느덧 새벽 2시가 다 되어가는 시간, 몇 시간 못 자고 다음날 온종일 빡빡한 스케줄을 소화해야 하는 우리였지만 대만에서의 첫날밤을 맥주 한 잔도 하지 않고 어찌 잘 수 있냐며 잠옷 차림으로 편의점에서 맥주를 한가득 사 왔다. 내일 가게 될 그곳들은 어떤 곳일까? 상상했던 것만큼 예쁜 곳일까? 날씨는 얼마나 더울까? 이야기하며 우리는 낯선 곳에 대한 두려움보단 내일에 대한 기대감을 안주 삼아 맥주를 마셨다.

몇 시간 채 자지도 못하고 일어났지만, 우리 중 누구도 피곤이라는 단어를 내뱉지 않았다. 한국이었다면 이미 일어나면서 한 번, 씻으러 가면서 한 번, 씻고 준비하면서 한 번, 입에 달고 있었을 말인데. 여자들의 여행에 '후줄근'이란 있을 수 없다며 우리는 아침부터 분주하게 움직였다. 물론, 애써 한 화장들은 녹아내리는 날씨 덕분에 얼마 가지 못하고 없어졌지만 말이다. 갈 곳은 예류로 시작해서 스펀 - 지우펀 - 야시장 순이었다. 산뜻한 바다 냄새와 이국적인 풍경이 너무 예뻤던 예류에서 우리는 생애 처음으로 동영상을 찍어 남겼다. 기찻길을 사이에 두고 소원을 적은 풍등을 날려 보내는 스펀에서는 우리의 소원을 잔뜩 적은 풍등을 날렸다. 풍등에는 우리의 현재와 미래가 있었다. 과거는 없었다. 이곳에 서만큼은 지나간 것들에 미련을 두지 않았다.

멀리멀리 날아가 주길, 우리가 적은 소원들을 온 세상에 퍼트려주길, 모두 이뤄질 수 있도록.

센과 치히로의 배경이었다는 지우펀. 만화 속 모습을 기대했던 탓인지 상상했던 것과는 조금 다른 모습에 실망했지만, 그 정도는 다른 것으로 채우면 되니 크게 문제 될 것도 아니었다. 지우펀에는 먹을거리들이 많았다. 닭 날개, 만두, 땅콩 아이스크림 등 유명하다는 건 모조리 먹어 치우고는 배만 잔뜩 불려 나왔다. 어두워질 때쯤 홍등이 켜지면 제일 예쁘다는 지우펀이었지만 우리는 일정상 지우펀의 야경은 보지 못하고 돌아섰다. 아침부터 오후까지 빡빡한 일정을 모두 소화한 우리는 거의 녹초 상태로 호텔에 돌아와 그대로 뻗어버렸다. 많이 걷기도 했고 날이 너무 더웠던 탓에 모든 체력이 고갈된 것 같았다. 하지만 일분일초가 아까웠던 우리는 다시 야시장으로 길을 나섰다.

비위가 약한 편은 아니지만 온종일 향신료 냄새를 맡았던 탓이었을까 야시장 특유의 냄새까지 더해지니 버티기가 힘들었다. 우리는 푸드트럭에서 맛있고 유명하다는 음식만 골라 포장한 후 도로에 퍼질러 앉았다. 걷기도 힘들었고 배도 고팠다. 차도 사람도 지나다니는 길 한복판이었지만 우리는 오히려 여기가 명당이라며 전혀 개의치 않았다. 오히려 한국에 돌아와서는 길에 퍼질러 앉아 먹었던 그 맥주가 너무 맛있었다고 말했다.

여행은 낯선 것들을 두렵지 않게 만들고 익숙하지 않은 것들을 편견 없이 받아들이게 해주었다. 그래서 나는 여행이 좋았다. 소심하기만 한 내가 조금은 대범해지기도 했으니까.

중화권에 왔다면 사찰에는 한번 가봐야 한다고 생각했다. 언니는 기독교였지만 구경만 할 겸 우리는 용산사로 향했다. 용산사는 도심 중간에 위치한 사찰인데, 대만에서 가장 오래된 사찰이라고 했다. 도심 중간에 위치한 것치고 꽤 규모가 컸고 여러 종교를 모아놓은 사찰이라 그런지 느낌이 독특했다. 용산사라는 이름에 걸맞게 지붕에는 용의 모양들이 가득했고 향을 피우며 기도하시는 분들도 많았다. 절에 왔으니 기도라도 하고 갈까 했지만, 소원은 이미 풍등에 가득 적어 날렸기에 그냥 보는 것으로 만족하기로 하고는 근처에 위치한 85도씨 소금 커피를 마시러 갔다. 커피 중독이라고 말해도 모자랄 정도로 커피를 좋아하는 우리는 한국에서부터 이 커피를 찾아보고 왔다. 그냥 커피도 아니고 소금 커피라니, 어떤 맛일지 궁금했다. 난 소금 커피, 언니는 밀크티와 소금 커피 중 고민하다 결국 밀크티를 선택했다. 소금 커피가 유명하다 해서 온 집이니까 커피를 마시라고 말했지만 더워서 단 것이 필요하다며 밀크티를 선택한 언니는 결국 내 걸 맛보더니 한국에 돌아와서까지 그때 그걸 먹었어야 한다며 한동안 소금 커피 타령을 했다. 늦은 점심을 먹기 위해 정한 다음 목적지는 대만의 번화가라는 시먼이라는 곳. 지하철을 타고 갈 수도 있었지만 빠르게 가는 것보다 느리게 가는 일이 더 좋을 때도 있는 법. 거리 구경도 할 겸 우리는 천천히 걸어가기로 했다.

걸어가던 중 우연히 보피랴오 역사거리를 지나게 됐다. 보피랴오 역사거리는 대만의 옛 모습을 재현한 곳으로 그리 큰 규모는 아니었지만 여러 가지 전시회를 하고 있어 보는 재미가 있었다. 거리의 끝쯤 왔을 때 우리 눈에 동시에 띈 그림이 있었다. 차가운 색감을 썼음에도 불구하고 따뜻한 느낌이 드는 묘한 느낌의 여자 그림. 눈길을 사로잡은 건 우리뿐만이 아니었는지 그림을 보러 온 사람들이 가득했다. 그림 구경에 한창 빠져있을 때쯤 우연히 그림 작가를 만날 수 있었다. 그림과 닮은 듯한 그녀의 모습에 혹시 자신을 그림으로 그린 것이 아닐까 궁금해 물어보고 싶었지만 언어 소통 불가로 결국 그림이 새겨진 엽서만 통째로 구매한 채로 우리는 그곳을 나왔다. 운이 참 좋았다. 말도 통하지 않는 이곳에서 그것도 내 마음에 드는 그림을 그린 사람을 만나다니 말이다.

늦은 점심으로 선택한 음식은 마라훠궈. 언니가 대만에 오면 꼭 먹어보고 싶다고 해서 찾아온 집이었는데 난생처음 먹어본 훠궈는 생각보다 강렬했다. 백탕과 홍탕 반반을 주문했는데 원래 매운 걸 좋아하는 나는 홍탕만 계속 먹다가 혀가 마비되는 줄 알았다. 빨간 음식은 절대 배신한 적이 없었는데 마라훠궈는 백탕이 의외로 더 맛있다는 결론.

여행하는 내내 사고 싶은 물건이 있었는데 그건 바로 우드 오르골이었다. 여행할 때 쇼핑을 즐기지 않는 나는 냉장고에 붙이는 마그넷을 사는 정도가 전부였지만 이번에는 색다른 걸 사보고 싶었다. 한국에 돌아가서도 오르골 멜로디를 들으면 이번 여행을 떠올릴 수 있을 것만 같아서였다. 영화나 드라마에 OST가 있듯 오르골의 멜로디가 이번 대만 여행의 OST가 되어 줄 거라 생각했다. 시간이 별로 없었다. 타이베이 101에 들른 후 다시 공항으로 돌아가야 했기에 우리는 서둘러 오르골을 판다는 성품 서점으로 갔다. "너 분명히 그거 사서 가면 예쁜 쓰레기 된다."고 말하던 언니는 어느새 오르골 앞에서 눈을 떼지 못하고 있었다. 언니가 키우고 있는 고양이를 꼭 닮은 오르골이 있었기 때문이었다. 결국 고양이 오르골을 손에 쥐고는 "너무 귀여워서……."라며 말끝을 흐리며 웃는 언니였다.

우리는 양손에 오르골을 하나씩 쥐고는 마지막 목적지인 타이베이 101에 도착했다. 야경을 보기 위해 제일 마지막으로 미룬 곳이었다. 반짝반짝 빛나는 도시의 야경은 정말이지 예뻤다. 역시 사람들이 꼭 가보라고 하는 데는 이유가 있나 보다. 여행을 왔음에도 불구하고 가봤자 별거 없다, 흔해 빠진 곳이라 말하는 사람들을 종종 본다. 하지만 함께 있다는 사실만으로도 모든 게 특별해지는 것이 바로 여행 아닐까. 흔하든 실망스럽든 우리에게는 아무런 상관이 없었다. 모든 것이 새롭고 예쁘기만 했다.

대만에서의 마지막 식사. 근처에 위치한 딘타이펑으로 갔다. 대만에 와서 딘타이펑을 먹지 않고 간 사람은 없다 할 정도로 유명한 곳인데 역시나 명성에 걸맞게 사람이 엄청나게 많았다. 꽤 오래 대기 순서를 기다린 탓에 배고팠던 우리는 배터지게 먹고 가자는 생각으로 딤섬이랑 볶음밥, 맥주 등 이것저것 많이도 시켰다. 다 못 먹을 것 같았지만 우리는 역시나 위대한 여자들, 보란 듯이 싹싹 비우고는 아주 만족스러운 표정으로 딘타이펑을 빠져나와 공항으로 향했다.

공항에 가까워질수록 발걸음이 무거워졌다. 조금만 더 이곳에 있고 싶었다. 일상으로 돌아가야 한다는 사실이 벌써 나를 괴롭혔다. 여행의 마지막은 항상 이런 식이다. 도망치듯 떠나왔지만 떠밀리듯 돌아간다. 하지만 이것마저도 돌아갈 곳이 있기에 가능한 일이겠지.

함께 있다는 사실만으로도 특별해지는 여행처럼 언젠가는 일상을 여행하듯 살 수 있는 날이 오려나.

제 5 장

나를 위로함은
당신을 위로함이었다

1. 순간을 기록한다는 것

시간이 빨리 흘렀으면 하고 바랐던 적이 있었다. 빨리 어른이 돼서 독립하고 싶었고, 성공해서 멋진 어른이 되고 싶었다. 그때만 느낄 수 있는 순간순간들을 바라보기보단 미래의 어딘가, 나조차도 알 수 없는 희미한 무언가를 쫓았다. 시간은 애쓰지 않아도 흘러가는데 나만 혼자 시간 앞에서 발을 동동 구르며 서 있었는지도 모른다. 왜 그랬을까, 그 순간들에만 느낄 수 있는 많은 것들을 놓치면서까지 내가 얻고 싶었던 것은 무엇이었을까.

- 가을의 끝자락에서

오랜만에 수목원에 들른 날이었다. 단풍이 가득 피고 가을의 선선한 바람이 부는, 집에만 있기엔 아까운 날. 1년 만에 다시 찾은 수목원이었다. 아이들과 함께 나들이 나온 가족들, 데이트 하는 연인들, 친구들끼리 놀러온 사람들로 수목원이 가득 찼다. 단풍과 꽃들 사이로 자그맣게 만들어 놓은 오솔길을 걸었다. 빨간색, 노란색, 초록색, 분홍색 각각의 색들이 조화를 이룬 모습은 정말이지 장관이었다. 가을, 그 순간만 볼 수 있는 풍경에 사람들은 저마다 무리를 지어 나온 듯 했다. 내 앞에는 모녀가 손을 꼭 잡고서 길을 걸어가고 있었다. 사람들이 많은 탓에 무슨 말을 하는지 다 들릴 만큼 가까운 거리였다. 그 모습을 보며 다음에 나도 엄마랑 같이 오면 좋겠다는 생각을 하고 있는데 엄마가 딸의 얼굴을 보더니 말했다. "엄마는 이런 가을이 좋아. 단풍이 가득한 이맘때가 좋고 단풍이 지고 난 후 낙엽이 한가득 쌓여 바스락 소리를 내는 가을의 끝자락도 좋아. 그리고 겨울이 찾아오는 그 사이가 좋아."

딸은 말없이 엄마를 쳐다봤다. 무슨 생각을 했던 걸까.

"나는 엄마랑 손잡고 걷는 지금이 좋아, 우리 이번 가을에는 예쁜 곳에 많이 다니자."

말끝에서 묻어나오는 쓸쓸함이 내게도 전해졌다. 딸은 그 마음을 몇 번이나 삼키고 저 말을 했을까. 예쁜 걸 보고 맛있는 걸 먹을 때면 다음에 엄마와 같이 와봐야지 생각하지만 바쁘다는 이유로 잘 하지 못한 스스로를 탓했을지도 모르겠다. 서로의 손을 꼭 붙잡고 걸어가는 모녀의 모습은 참 예뻤다. 서로를 아끼고 사랑하는 마음만큼은 지금 이 순간 저 빨간 단풍처럼 진한 색을 띠고 있었으니까.

순간을 기록한다는 건 이처럼 진했던 순간들을 잊지 않기 위함이었다.

- 사진 속 모든 모습들

필름 카메라를 쓰던 때와는 달리 요즘엔 휴대폰으로 사진을 쉽게 찍을 수 있다. 필름카메라는 장수의 제한도 있고, 인화하는 데도 며칠씩 시간이 소요된다. 각종 어플과 포토샵이 없던 시절이라 보정은 생각하지도 못했고, 잘 나오든 못 나오든 어쩔 도리가 없었다. 스마트폰이 대중적으로 자리 잡기 시작하면서 사진을 찍는 일은 거의 일상이 되었다고 해도 과언이 아니다. 밥을 먹을 때나 여행을 갔을 때, 친구를 만났을 때 등등 사진을 찍지 않는 때가 없으니까 말이다. 나는 한번 찍은 사진은 잘 지우지 않는데 그것들을 모아 일 년에 한두 번, 가득 저장된 사진들을 보곤 했다. 20살 때부터 온갖 사진들이 가득하다. 지금은 사이가 멀어져 연락조차 하지 않는 사람도 있고 거리가 멀어 자주 보지 못하는 친구도 보인다. 사랑하는 사람들과 함께한 여행한 사진도 있고 그때, 그곳의 냄새가 느껴질 만큼 선명한 예쁜 풍경 사진도 있다.

이렇게나 환하고 예쁘게 웃던 때가 있었나……. 모두 어떻게 지내고 있을까 보고 싶어졌다.

한참 동안 사진을 뒤적이다 보니 여행을 다니며 찍은 사진들이 참 많았다. 밤 배경을 뒤로한 채 예쁘게 찍으려 한 사진, 벚꽃이 한가득 펴 있는 길목에서 찍은 사진, 공항에서 설렘을 안고 찍은 사진 등 하나도 예쁘지 않은 사진이 없었다. 그렇게 보다 보니 눈에 띄는 사진이 한 장. 빵모자를 뒤집어쓴 채 장난기 넘치는 웃음을 한가득 짓고 있는 동생의 모습. 오사카 여행 중 들른 모자가게에서 찍은 사진이었다. 빵모자를 거꾸로 쓰고 장난치는 모습이 예뻐 낚아채듯 찍은 사진이었는데 동생은 못생기게 나왔다며 별로라고 말하던 그 사진이었다. 예쁘게 나온 사진들도 많았는데 왜 유독, 이 사진이 눈에 들어왔을까.

아마도 모든 순간이 제대로 녹아들어 있었기 때문이 아닐까. 예쁘게 찍으려고만 했을 때는 내가 무엇을 하고 있었는지 주변에 무엇이 있었는지 기억이 잘 나지 않는다. 예쁘게 찍기 위해 사진을 찍는 행위에만 집중했기 때문이었다. 불필요하다 싶은 부분들을 인위적으로 가리고 편집을 한다. 자연스러움은 사라지고 똑같은 자세와 웃음만 남은 사진은 매력이 없다. 하지만 자연스럽게 찍어낸 사진은 그 때의 시간, 냄새, 주고받았던 대화, 웃음소리까지 선명하게 들려온다.

그건 아마도 모든 순간을 그대로 담아냈기 때문이겠다.

불필요하거나 못 나온 부분들을 잘라내고 보정할 수 있는 사진처럼 내 인생도 그럴 수는 없을까 생각한 적이 있다. 하지만 시간이 지나 별로라고 말하던 사진들에 눈길이 가는 걸 보면 그건 아마 그 순간에 있어야 할 것들이 온전히 담겨 있어서겠지.

혹여, 당신의 삶에도 지워버리고 싶은 순간들이 있다면 잊지 않았으면 하고 바라본다.

지금의 삶이 견디기 힘들다 할지라도 아마도 그건 당신에게 꼭 필요한 시간일 거라고.

우리에겐 불필요한 순간도 삶도 없다고.

그러니 당신은 그 자체만으로도 아주 예쁘다고.

순간을 기록한다는 건 모든 순간에 있던 나를 잊지 않기를 바라는 것이기도 했다.

2. 나만 그런 게 아니구나.

아무것도 가진 게 없다고 생각하지 말자.
가진 게 없어 불행하다고 믿고 그러지 말자.
문밖에 길들이 다 당신 것이다.
당신은 당신이 주인이었던 많은 것들을 모른 척하지는 않았던가.

- 이병률, '끌림' 중 -

친구와 술을 한잔할 때면 내가 자주 하는 말이 있다.

"난 너무 이상적인 것들을 꿈꾸는 게 아닐까. 누구보다도 현실적인 사람이 나라고 생각했는데 이제 보니 그것도 아닌 것 같아."

이어서 특별한 사랑을 꿈꾸는 것도, 작가가 되고 싶다는 마음도, 당당하면서도 따뜻한 마음을 가진 사람의 모습이 되고 싶다는 욕심도 모두 가질 수 없는 일들을 바라는 것인지도 모르겠다며 한숨을 내쉰다. 이런 말을 할 때면 돌아오는 말들은 대부분 비슷했다.

"넌 항상 하고 싶은 것도 많고, 매번 잘 해왔잖아."

용기를 주려고 했을 그 말은 오히려 가지고 있던 조그만 자신감마저 더욱 떨어트렸다. 하고 싶은 것들만 잔뜩 쌓아 놓고는 정작 해야 할 것들은 하지 못한 채 이뤄놓은 것 하나 없는 난데, 잘 한 것 그게 다 무슨 소용인가 싶어 움츠러들었다. 친구는 나를 가만히 바라봤다.

"비야, 요즘엔 워라벨이라는 말도 있잖아. 내가 봤을 때 너는 일도 중요하지만 그만큼 라이프도 중요하게 여기는 사람인데 지금 너한테는 라이프가 없어 보여. 일하고 집에 돌아왔을 때 네게 활력을 줄 수 있는 것이 아무것도 없잖아."

언제나 몸도 마음도 바빴다. 계획들을 잔뜩 써놓기만 하고 결국 해내지 못한 것들이 마음에 걸려 뭐라도 해야만 했기에 나는 언제나 안절부절했다. 영양가 없는 일이었지만 그래야만 마음이 조금은 편해졌다. 이십대 시절이 끝이 났고 서른이 되었다. 막상 서른이 되면 별 느낌 없다는 사람들의 말은 다 거짓말이다. 오히려 더욱 조급해져 오는 마음을 감출 길이 없었으니까. 여유는 사라졌고 크고 넓게 볼 수 있는 시야는 더더욱 가지지 못했다. 세상이 곧 멸망하기라도 할 듯이 쫓기는 느낌만 존재할 뿐이었다. 이 나이까지, 돈도 모으지 못했다. 어디 가서 내가 서른이 될 동안 모은 돈이라고 말하기에도 부끄러울 정도였다. 이때까지 특별하다 할 나만의 경력도 없다. 그렇다고 여행을 많이 다닌 편도 아니었다. 친구도 별로 없다. 다른 사람들은 사랑하는 사람을 만나 결혼도 하는데 내 연애는 매번 어렵기만 했다. 쓸데없이 나이만 먹었다며 스스로를 다그치고 자책하며 서른을 맞이했다.

포기하지 않고 열심히 잘 살아주었다고, 괜찮다는 말 한마디를 나에게 해주지 못한 채였다.

친구는 이런 내 마음까지 알아챘던 걸까.

"그래도 나는 그런 네가 항상 부러웠어."

라고 친구가 말한다. 예상치 못한 말이었다.

"부럽긴 뭐가 부러워, 그래봤자 이리저리 쪼들리는 인생인데."

이렇게 말했지만 이것이 너에게 상처가 되진 않았을까 걱정했다. 나도 언제나 네가 부러웠다고, 솔직하고 당차게 살아가는 예쁜 네 모습이 부러워 괜히 심통을 부린 적도 있었다고 솔직하게 말했다면 너에게도 위로가 되었을까. 안심이 되었다. 나만 그런 게 아니구나 싶어서, 나만 누군가의 삶을 부러워하고 동경하는 게 아니라는 사실에 마음이 조금은 편해도 졌다. 그러고 나니 그럼 지금의 나도 충분히 빛나고 있는 건 아닐까……. 하는 생각이 들었다. 모두들 자기가 가지지 못한 것들을 부러워하고 동경하며 왜 난 저렇게 살지 못할까? 나는 왜 저 사람처럼 되지 못할까? 하는 생각들로 스스로를 조금씩 죽여가고 있는 건지도 모른다. 존재 자체만으로도 충분히 예쁘고 빛나는 나를, 힘들어도 열심히 살아온 대견한 나를, 스스로가 인정해 주지 않았던 거였다. 언제나 부족한 점들을 탓할 줄만 알았지, 있는 그대로의 나를 감싸 안지는 못했다.

예뻤던 시간을 조급함과 자책으로 왜 못나게만 만들었을까. 그 나이에만 할 수 있는 것들을 하고 즐길 수 있는 것들을 즐기며 사랑하는 사람과 예쁜 사랑도 하고 허무맹랑한 꿈일지라도 도전도 해봤다면 좋았을걸. 20대에 마치 어른이라도 된 양 행동하느라 스스로를 움츠려 놓

앉다.

어른들은 젊었을 때 하고 싶은 거 다 해보며 살라고 얘기하지만 정작 무언가를 하려 할 때면 그 나이에 늦었지 않니, 안정적인 걸 해야 한다 는 말들로 자신들의 세계에 나를 가두곤 했다. 물론 자신들이 살아온 인 생에서 봤을 때 최선을 이야기해 준 것이 분명했을 테지만 나는 그런 말 들이 싫었고 그래서 더욱 갈피를 잡지 못했다. 그들처럼은 살지 않을 거 라 다짐했던 적도 있었지만, 어느새 나도 그들이 말하는 안정적인 것들 에서 벗어나지 못하고 있었다. 새로운 것에 도전하기는커녕 무엇을 시 작하기 전부터 수없이 망설였고 하고 싶었던 일들은 어렸을 때나 해야 했던 것들이라며 나를 주저앉히고 있는 내가 있었다. 이런 게 바로 인지 부조화라는 걸까. 시도조차 해보지 않았으면서 그저 이 자리를 지키고 있는 것만으로도 잘하고 있는 거라며 납득시킨 것이었다. 이게 아닌데, 라고 매번 생각하면서도 말이다.

이런 시간이 쌓여 언제부턴가 갑작스레 눈물을 터트리는 일이 잦아 졌다. 혼자 먹는 밥은 정말이지 곤욕이었고 무언가를 하고 싶지도 애쓰 고 싶지도 않았다. 이런 나를 사랑하고 이해해 줄 수 있는 사람이 세상 에 존재하긴 하려나. 도대체 무엇을 위해서 이렇게 살아가는 건지, 뭐 하나 제대로 곁에 둔 것 없는 내가 보잘것없이 느껴지던 시간이었다.

"비야, 나는 너를 보면서 부러워했지만, 너처럼 하지 못했던 건 무서 워서였어. 그러니까 너는 겁내지 말고 그냥 지금처럼만 하면 되는 거야,

충분히 잘 하고 있어."

언제나 솔직하고 당차기만 하던 네게도 무서운 것들이 있었다니, 나만 이런 생각을 하고 힘든 것도 아니었나 보다. 다들 비슷한 것들을 걱정하고 고민하며 살아간다면 얼만큼 자신을 아끼며 살고 있는지가 중요한 게 아닐까 하는 생각이 들었다. 세계적으로 유명한 코미디언인 찰리 채플린은 이런 말을 했다. '인생은 가까이서 보면 비극이지만 멀리서 보면 희극이다.'

우리는 가까이 있는 소중한 것들을 볼 수가 없기에 눈앞에 소중한 것들이 빛나고 있는지도 모른 채 계속해서 멀리있는 행복을 찾게 되는 걸까. 그렇게 헤매는 동안 불행의 농도는 짙어지고 결국 행복은 이 세상에 존재하지 않거나 내겐 오지 않을 거라며 울곤 하는 것일까. 우리는 보이지 않는 것들을 쫓느라 소중한 것들을 너무 많이 놓치며 살아가고 있다. 사랑하는 가족, 하나뿐인 친구, 맛있는 걸 먹고 예쁜 풍경을 보고 즐길 수 있는 내 모든 것들. 이렇게나 가진 것들이 많은데 이것들을 당연하다 여기고 곧잘 잊고 살아간다. 그러니 자신을 다그치기 보다는 기억하려 노력하지 않으면 안 되겠다. 내겐 소중히 빛나는 것들이 많다고, 그러니 나는 지금도 아주 예쁘고 행복하다고 말이다.

3. 슬픔이 지나가면

인간은 앞을 바라보면서 살아야 하지만 자신의 삶을 이해하기
위해서는 뒤를 돌아봐야 한다.

- S.A키르케고르 -

오랜만에 서울에서 친구가 내려왔다. 거의 1년 만에 만난 친구였다. 20살 초반에 만나 연락은 자주 못 했어도 종종 안부는 꾸준히 물어왔던 친구. 특유의 밝은 표정으로 다가오는 모습이 서울 생활에 꽤 만족하는 듯 보여 마음속으로 안심했다. 갑작스레 올라간 서울이었기에 걱정했었는데 기우였구나 싶었다. 그런데 맥주를 마시며 이때까지 쌓아왔던 이야기를 하다 보니 친구는 요즘 생각이 너무 많다며 걱정들을 하나둘 뱉어내기 시작했다. 친구는 어느새 세상 고민을 가득 짊어진 얼굴로 나를 바라보고 있었다. 서울에서 산 지도 벌써 5년이 다 되어 가는데 부모님 집에 같이 살 때는 몰랐던 것들이 정말 많았다는 걸 매번 느낀다고 했다. 차려진 밥을 먹는 일부터 깨끗하게 개어 놓은 옷을 입을 수 있는 것, 사소한 하나하나가 다 감사한 일이었다며 자취를 시작한 이후 모든 것이 돈과 직결되는 팍팍한 현실에 지친다고 했다.

"그래도 넌 네가 좋아하는 일을 하잖아."

위로 섞인 말을 건넸지만 이미 지쳐있는 친구에겐 아무런 소용이 없었다. 좋아하는 일을 하고 있지만 언제 자기 가게를 마련 할 수 있을지도 모를뿐더러 생활도 너무 힘들고, 그렇다고 고향에 다시 내려오자니 생활은 편해지겠지만 커리어를 쌓는 데 지장이 있을 것 같다고 했다. 무엇보다도 포기하고 내려오는 것 같아 자존심이 상한다며 이게 가장 큰 걱정이라고 했다. 좋아하는 일을 하는 모습이 예쁘게만 보였지만 괜히 섣부르게 말했다가 친구에게 상처가 될까 한참을 계속 듣고만 있었다. 얘기가 끝이 났을 때 나는 제일 먼저 또 다른 선택지가 있을지도 모른다고 말했다. 서울에서의 커리어를 고집하는 건 충분히 이해가 가지만 만약 고향에 내려온다면 자잘한 생활 문제에 대한 고민을 더는 대신 네가 하는 일에 더욱 집중할 수 있을 거라 말했다. 혹여 누군가 네게 포기하고 내려왔다고 말한다면 그 사람은 널 잘 모르는 사람일 것이라고, 널 안다면 그런 말은 절대 할 수 없을 거라고.

포기하라는 말로 받아들이지 않았으면 싶었다. 내가 말하고자 했던 건 포기가 아니라 두 가지를 모두 얻을 수는 없다는 뜻이었으니까. 무언가를 얻기 위해선 다른 하나를 과감히 버릴 수도 있어야 한다는 게 내가 오랜 타지 생활로 배운 것 중의 하나였다.

친구는 고향에 있는 친구들과는 말이 통하지 않는다며, 부모님 집에서 쭉 살던 친구들은 타지생활의 힘든 점을 이해해주지 못한다고 투덜거렸다. "너도 예전에 나한테 그랬잖아, 네가 독립하기 전까지는 나한테 뭐가 그리 힘드냐면서, 세상 사람 사는 거 다 똑같이 힘든데 너만 그런 거 아니니까 철 좀 들라고 말이야. 그땐 참 그 말이 상처였는데 지금 보면 그리 힘들어하지 않았어도 됐을 걸 싶어."

친구는 그때 그렇게 말했던 것이 내내 마음에 걸렸었다고 했다. 사람은 자신이 그 입장이 되어보지 않으면 정말 알 수가 없다고, 어린 마음에 충고라고 한 말이 너무 모질었다며 미안하다고 말했다. 사람 사는 거 다 비슷하다는 친구의 말은 틀린 게 아니었다. 나도 너처럼 처음엔 죽도록 외로웠고 다음엔 친구들과의 거리감에 힘들었다. 사회생활에서 좌절을 겪고 공백기엔 돌이킬 수 없는 회의감마저 찾아왔고 그나마 자리를 조금 잡고 나서야 자신을 돌봐야겠다는 생각이 들었으니까. 그런데 그 생각으로 가득 찼을 때 내 나이는 서른을 넘기고 있었다.

서른이 넘어서도 여전히 힘들고 아프기도 하지만 이젠 어느 정도 버틸만한 힘이 생긴 것 같기도 하다. 이렇게밖에 살지 못하는 내가 싫어질 때도 있지만 거기까지. 그곳에서 움츠리고 있다 보면 어느새 언제 그랬냐는 듯 행동하곤 했다. 슬픔이 지나고 나면 행복이 올 거라 믿으면서.

나는 여전히 해답을 찾아 나가는 중이다. 시간이 걸리더라도 나만의 답을 찾아내곤 했으니까 걱정은 하지 않기로 했다. 친구도 자신만의 답을 찾아내는 날이 오겠지.

걱정과 고민이 한꺼번에 몰려드는 지금이 네 전환점이 될지도 모르겠다고 말했다. 친구는 말없이 고개를 끄덕인다. "그렇겠지……. 나도 그럴 것 같아. 그런데 그래서 더 무서워. 아무것도 못 하고 지나쳐 버리게 될까 봐." 친구의 말에 덜컥 눈물이 나려는 걸 애써 눌러 내렸다. 내가 모르는 친구의 일상엔 무엇이 있었던 걸까. 꺼내놓지 못하는 것들이 분명 있겠지. 보통 우리들은 깊숙한 것들은 숨겨 놓은 채 표면적인 것들을 꺼내놓고는 하니까. 그래서 다들 아픈 것일지도 모르겠다.

대낮같이 환한 날이 너와 내게도 찾아오기를
상실이란 그저 잃는다는 것만을 뜻하는 게 아니라는 것을 알기를
봄날이 찾아오면 다시 환히 웃을 수 있기를
행복은 당신이 있기에 존재한다는 걸 잊지 않기를

4. 충분히 예쁜 사람

"너 왜 이렇게 부정적이야."

언젠가부터 이런 말을 자주 듣곤 했다. 유난스럽게 반응한다고 생각했기에 별로 신경 쓰지 않고 "내가 뭘? 이게 부정적인 거냐? 현실을 말하는 거지?"라고 받아치곤 했지만, 사실은 나도 모르는 사이 정말로 부정적인 사람이 되어있었다. 그래, 좋아 등의 긍정적인 표현들 보다 아니, 싫어, 짜증 나, 그냥 이라는 표현을 입에 달고 살고 있었다. 누군가 조금 실수라도 하면 "왜 그래? 이것밖에 못 해?"라고 한다든지, 작은 농담에도 "무슨 말을 그렇게 해?"라며 날 선 말을 건넸다. 그래도 예전엔 사람 좋다는 말도 종종 듣곤 했는데 언제 이렇게 변해버렸는지 모르겠다. 언제부턴가 사랑하는 사람들을 만나는 게 의무감처럼 느껴졌고 먹는 건 그저 씹어 삼키는 행위 그 이상으로 다가오지 않았다. 일상은 블러 처리가 된 듯 흐릿한 풍경 속에서 끊임없이 움직이는 것만 같았다.

무엇이 날 이렇게 만들었을까? 바로 나 자신이었을까? 아니면 이게 원래 내 모습인 걸까? 사람들이 날 오해한 걸까? 나를 스스로 좋은 사람이라 착각했던 걸까? 돌이켜 보면 앞이 보이지 않는 망망대해에 혼자 떠 있었던 것 같다. 조금만 노를 저어 나가면 무언가 있을 거라 믿었지만 끊임없이 나아가도 아무것도 보이지 않는 바다 앞에서 초라해지기만 했다. 남들은 물고기도 잡고 수영도 하고 아름다운 바닷속 풍경도 보며 온전히 바다를 즐기는데, 나만 알 수 없는 무언가를 향해 끊임없이 노를 저어 가는 기분. 그렇게 바다의 즐거움과 아름다움을 놓쳐버리고 혼자 멍하니 바다만 바라보고 있었다.

기대도 바람도 없다면 그건 애정이 없는 것이라 생각한 적이 있었다. 애정이 있으니 기대도 하게 되고 바라게도 되는 거라고. 하지만 그런 마음이 커질수록 나와는 다른 상대방의 모습에 자주 마음이 상하곤 했다. 넌 왜 그럴까? 왜 이렇게 하지 않을까? 난 그렇게 했는데 넌 나와 다른 걸까? 라는 생각들이 들기 시작하면서 걷잡을 수 없이 많은 부정적인 생각들이 머릿속에 나열되었고 급기야는 네가 미워지기까지 했다. 네 잘못이 아니라는 건 알고 있었지만 한번 고개를 내민 미움은 쉽게 가라 앉지 않았다. 괜찮다고, 뭘 바라고 해준 게 아니니 미움은 그만 접으라고 스스로를 다독이며 애써 눌러도 냈다. 너 왜 이렇게 부정적이야 라고 날 보며 이야기하던 사람들, 그 말처럼 정말 내가 모든 걸 삐뚤게만 바라보는 게 아닌가 싶었다. 한창 이런 문제로 스트레스를 받던 중 엄마와 통화를 한 날이었다.

"엄마, 정말 내가 부정적인 걸까? 아니면 너무 많은 걸 사람에게 기대한 걸까? 그것도 아니면 스트레스를 남에게 풀고 있는 걸까? 잘 모르겠어."

엄마는 가만히 내 얘기를 듣고 있더니 이렇게 말했다.

"딸, 더하지도 덜하지도 말고 그냥 있는 그대로 봐."

이 말을 처음 들었을 때 나는 엄마의 말을 제대로 이해하지 못했다. 충분히 있는 그대로 보고 있는 것 같은데 더 무엇을 어떻게 보라는 건지…….

"엄마는 딸이 사람을 좋아하는 마음을 알아. 그래서 바라기도 하고 기대도 했겠지만, 그 마음 대부분이 실망으로 돌아와서 속상하다는 것도 알아. 네 마음이 잘못된 게 아니라 오히려 그 마음 때문에 그 사람을 있는 그대로 보지 못해서 그런 거야. 그냥 그대로 봐. 이 사람은 이럴 때 화를 내는 사람이구나, 이 사람은 이럴 때 행복한 사람이구나, 이 사람은 이렇게 행동하는 사람이라고 그냥 고개를 끄덕이고 네가 좋아한 그 사람 그대로 인정하고 받아들여. 그거면 충분해. 그리고 딸, 이건 딸도 마찬가지야. 자신을 밉게만 보지 말고 예쁘게 바라봐. 우리 딸은 언제나 예쁘니까."

'아, 나는 스스로에게 화를 내고 있었구나.'

한참을 단골로 다니던 북카페가 있었다. 집에서 멀지 않은 곳이기도 했고 왠지 모를 편안한 분위기에 자주 찾던 곳이었다. 심심하면 들러 책을 읽거나 친구랑 수다를 떨거나 종종 앉아서 글을 쓰기도 했다. 언젠가 커피나 한잔 마시고 갈까 해서 들른 날이었다. 커피를 시켜놓고 한참을 이 책 저 책 뒤적거리기를 반복하다가 한 잡지를 집어 들었다. 여행 관련 잡지였던 걸로 기억하는데 표지에 실린 사진이 당장이라도 여행을 가고 싶게 만들었다. 사진만 보면서 대충 넘기다 책을 덮으려는데 이 글을 발견했다. 예쁜 분홍색 꽃 그림과 함께 짧은 글귀가 적혀있던 그 페이지에서 한참을 눈을 뗄 수가 없었다.

'꽃처럼 살고자 했다. 사느라 그 마음 잊고 있었다.'

그래, 그랬었지. 화려하진 않아도 자신만의 멋이 있는 그런 예쁜 사람이 되고 싶었지만 살다 보니 그것마저 어려웠다. 사는 게 그저 변명을 늘어놓는 일 같기만 했다. 고작 이렇게 사는 게 전부냐며 나를 다그치면서도 결국 스스로 타협한 그곳에 멈춰있기만 했다. 하지 못한 것들, 되지 못한 것들, 모든 건 내 탓인 걸 알면서도 인정하기 싫어 "어쩔 수 없었어."라는 거지같은 말로 늘 변명을 늘어놓기만 했다. 스스로에 대한 실망과 분노가 쌓여 나를 탓하는 것만으로도 모자라 남에게까지 그 화가 뻗치기도 했다. 나를 정면으로 바라봤어야 했는데, 못난 점도 좋은 점도 모두 나의 일부분이라며 인정하고 보듬었어야 했다. 조금은 스스로 여유를 주었어도 되었다. 조금은 자신을 칭찬했어도 되었다. 가지지 못한 것들보다 가진 것들을 더 소중히 했어야 했다.

잊고 있던 것뿐이었다. 예쁘게 살고자 했던 그 마음을. 살다 보니 어찌할 수 없는 현실 앞에서 잠시 길을 잃은 거였다. 여전히 내 안에 그대로 남아있는 그 마음을 사느라, 살아내느라 잊고 있었다.

내가 어떤 사람인지 써내려가 봤다.

평범하기 그지없는 딸이자 직장인.

여전히 어중간하기 짝이 없는 사람.

소란스러움을 좋아하지만 혼자 있는 게 더 편한 사람.

혼자가 더 편하다고 말하면서도 사람이 좋아 사람을 찾아다니는 사람.

평범하면서도 특별한 사랑을 꿈꾸는 사람.

자주 가지는 못해도 돈이 조금 모일 때면 여행을 가려고 노력하는 사람.

무신경해 보이지만 누구보다 소심하고 걱정 많은 사람.

매년 목표에 똑같은 걸 적어놓는 사람.

운동은 귀찮아하면서 산책은 즐기는 사람.

환한 햇살이 비추는 낮보다 불빛이 은은히 번지는 밤이 더 좋은 사람.

지난 시간에 후회는 없다면서 미련은 남아있다는 이상한 말을 하는 사람.

예쁘게 바라보는 연습을 해야지.

특별할 거 하나 없는 이런 나지만 충분히 예쁜 사람이라고 충분히 잘 살고 있다고, 충분히 노력하고 있다고 토닥여 주어야지. 꽃처럼 살고자 했던, 그 마음을 잊지 않길 바라면서.

5. 천천히 걸어야 볼 수 있는 것

살면서 중요하게 여기는 것들이 몇 가지 있다. 돈, 일, 휴식 그리고 사람과 사랑. 아마 이것들을 중요하게 여기는 건 나뿐만이 아닐 것이다. 하지만 돈도 써본 사람이 올바르게 쓸 줄 알고 쉬어본 사람이 제대로 쉴 줄 안다더니 내가 그 짝이었다.

4년 가까이 지금의 회사에 다니면서 길게 휴가를 내는 건 처음이었다. 금, 토, 일 아니면 토, 일, 월 보통 주말 끼고 쓰는 휴가가 전부였다. 긴 휴가라고 별다르게 계획 한 건 없었다. 거창하게 해외여행을 갈 것도 아니었고 국내 여행을 계획하지도 않았다. 그저 혼자 조용한 곳에서 쉬고 싶다는 생각뿐이었다. 좋아하는 것들은 점점 사라지고 무기력함에 허덕이던 날들. 일에 치이고 일상에 지치다 보니 아무것도 하기 싫고 귀찮기만 했다. 열심히 하다 보면 회사에서도, 스스로에게도 당당해질 모습을 기대했지만 남은 거라곤 무기력함뿐이었다.

쓰지 않고 아껴두면 나중에 요긴하게 쓰일까 싶어 매년 휴가를 아끼곤 했다. 그러다 결국 별다른 거 없이 써버리곤 했지만 말이다. 이번에도 역시나 아껴두려다가 쿨하게 휴가계를 제출했다. 무려 3일. 주말을 포함하면 거의 일주일에 가까운 시간이었다. 이번 휴가를 결정하게 된 건 얼마 전 다녀온 산부인과에서 자궁내막에 혹이 있다는 진단을 받고 나서였다. 이상하게 몸이 무겁고 하혈을 하기에 병원에 가서 초음파 검사를 했더니 혹이 있다고 했다. 덜컥 겁이 나 의사 선생님을 붙잡고 울며 말했다. "심각한 거예요? 저 죽어요? 암이에요?" 의사는 보통 여자들에게서 흔히 보이는 증상이니 크게 걱정하지 않아도 된다고 했지만 이미 난 정신이 나간 상태였다. 병원을 나서며 친구에게 전화를 걸었다. 이런 상황을 말하니 자기도 그런 적이 있었다고 크게 걱정하지 않아도 된다고 했다. 요즘엔 시술이나 수술도 간단할뿐더러 그런 증상은 흔한 거라 했지만 내 표정은 점점 어두워져 갔다.

"에이, 뭘 그런 거 가지고 그래."라고 말할지도 모르겠지만 생각들이 꼬리에 꼬리를 물고 머리를 가득 채웠다. 내가 나를 너무 혹사시킨 걸까? 나를 살필 생각은 왜 하지 않았을까? 언젠가 요긴하게 쓰일 거라 생각해서 아껴뒀지만 결국 부질없이 써버린 휴가처럼, 나는 나중에라는 말들로 많은 것들을 미루기만 했던 걸까? 이것이 내가 휴가를 쓴 이유였다. 호텔을 예약했다. 평소라면 비싸다고 그냥 집에서 쉬는 게 최고라며 말했을 나지만 이번엔 눈 딱 감고 결제까지 완료했다. 3박 4일의 숙박 예약이었다. 이번만큼은 나만을 위한 시간을 보내겠다고 다짐했다.

'누구에게도 연락하지 않고 혼자서 시간을 보내야겠어, 내가 하고 싶은 것들만 하면서.'

호텔 방 한쪽 벽면의 반을 차지하는 큰 창으로 햇빛이 스며들었다.

10분 간격으로 쉴 새 없이 울리는 시끄러운 알람 소리가 아닌 따뜻한 빛이 감도는 아침이었다. 아침 공기가 이렇게 맑았던가. 몸 사이사이로 파고드는 조금은 차가운 바람에 저절로 웃음이 났다. 죽도록 피곤하게만 느껴지던 아침이 좋게만 느껴지는 건 오랜만이다. 녹색 신호등에 뛰지 않고 일부러 발걸음을 늦춰본다. 더욱더 느리게 가라고, 이 순간을 오래 느끼고 싶다고. 서점에도 들렸다가 커피도 한잔 마시고 공원 한 바퀴를 돈 뒤 간단하게 먹을 음식을 사서 숙소로 돌아왔다. 큰 창 옆에 자리한 소파에 앉아 생각 했다.

내가 진짜로 바랐던 건 일상 속에서 조급해하지 않는 것, 천천히 나만의 속도를 유지하는 것, 아껴두기만 하는 휴가보다는 스스로 쉬어갈 수 있는 여유를 가지는 것이었을지도 모른다는 생각.

어쩌면, 혼자 있고 싶었던 건 사실 나를 가장 보살피고 싶어서가 아니었을까.

어지러운 것들 사이에서 나를 지켜내고 싶어서가 아니었을까.

어쩌다 약속 시각보다 일찍 약속 장소에 가게 되는 날이 있다. 보통 때보다 일찍 출근길에 나선 날이나 주말인데도 아침 일찍부터 일어나게 된 날. 이런 날에는 시간이 뻥하고 비어버린다. 의도치 않게 온전히 나에게 주어지는 시간이다. 씻지도 않고 동네를 산책하기도 하고 여느 때보다 화장에 공을 들여 보기도 한다. 일찍 일어나게 되면 출근길에 사 먹어 봐야지 했던 커피가게에 들러 커피도 사 먹어 본다. 이런 시간이 주어진 날에는 마음이 나긋해진다. 불어오는 바람에도 웃음이 나고 지나치기 바빴던 풍경들이 다르게 보이기도 한다.

그건 아마도 평소에 많은 것들을 놓치며 살고 있었기 때문이 아닐까. 그 안타까운 마음에 자신을 괴롭히고 있었던 것인지도 모르겠다.

평소엔 보지 못하는 것들이 많다. 자세히 들여다보지 않으면 보이지 않는 것.

가령 몸 사이로 파고드는 맑은 아침 공기의 냄새라던지

집 앞 골목 사이에 이런 꽃가게가 있었나 라며 알아차리는 일이라든지

어느새 부쩍 늘어난 듯 보이는 부모님 얼굴의 주름이라든지

천천히 걷지 않으면, 천천히 들여다보지 않으면, 천천히 느끼지 않으면 알 수 없는 것들이 있다.

인생에는 서두르는 것 말고도 더 많은 것들이 있다고 간디가 말했듯, 서두르기만 하다 많은 것들을 놓치지 않았으면 좋겠다. 나도, 그리고 이 글을 읽고 있을 당신도.

6. 그만, 멈춰도 돼

내려놓으면 된다
구태여 네 마음을 괴롭히지 말거라
부는 바람이 예뻐
그 눈부심에 웃던 네가 아니었니

받아들이면 된다
지는 해를 깨우려 노력하지 말거라

너는 달빛에 더 아름답다

- 서혜진, '너에게' 중 -

별 거 아닌 일에도 울컥, 마음이 치미는 날이 있다. 평소와 다를 것 하나 없는 일들의 반복일 뿐인데도 괜스레 그런 내 모습이 짜증만 나는 날. 오늘은 그런 날이었다.

퇴근하고 집 앞 편의점에 들렀다. 거의 매일 빠짐없이 들르는 곳. 자취 생활 내내 쓰던 작은 밥솥을 버리고 나서는 집에서 밥을 해 먹은 적이 없었기에 약속이 없는 날이면 자연스럽게 발걸음은 편의점으로 향했다. 지겹다고 말하는 라면을 또 집어 들고는 뭐 더 먹을 만한 게 없을까 두리번거리다 아이스크림 몇 개와 과자 몇 봉지를 집어 들었다. 최대한 할인을 받아 계산하고는 음식들로 가득 찬 까만 비닐봉지를 들고 편의점을 나섰다. 터덜터덜 힘없이 걷다, 괜스레 비닐봉지를 휙휙 돌려본다. 일곱시도 되기 전인데 벌써 한밤처럼 어둡다. 휙휙, 터벅터벅, 휙휙, 큰 숨을 몰아 내쉬며 중얼거렸다.

"진짜 이렇게 살아야 하나."

올려다본 하늘에는 어둠 속에서도 기죽지 않고 빛나는 달이 있었다.

"달 정말 밝다……. 저렇게 환한 건 오랜만에 보는 것 같네……."

초승달이었지만 보름달 못지않게 밝은 달이었다. 아슬아슬 얇게도 걸려 있으면서 어쩜 저리도 밝을 수 있을까. 또다시 휙휙, 저벅저벅, 휙휙. 몇 걸음 못가 걸음을 멈춰 섰다. 덜컥 울음이 비집고 나오려 한다.

"나 왔어."

혼잣말을 하며 들어서는 집. 꽤 오래된 습관인데 이 말을 하면 불 꺼진 캄캄한 집이라도 혼자 있지 않은 것 같은 기분이 들어서였다. 가스레인지에 물을 올렸다. 부스럭부스럭, 티비를 들여놓지 않은 탓에 더욱 적막한 집. 집 전체가 라면 냄새로 가득해졌다. 냉장고에서 김치를 꺼내 들고는 식탁 앞에 앉았다. 몇 입 먹었을까, 더는 먹고 싶지 않았다.

이미 알고 있는 라면 맛처럼 내 인생도 뻔해 보여서였을까. 결국 참았던 눈물이 왈칵 쏟아져 내렸다.

통통 불어터진 라면을 버렸다.

"아, 인스턴트 음식도 이제 그만 먹어야지⋯⋯. 집에서 해 먹는 버릇을 다시 들여 봐야 하나⋯⋯."

불과 몇 년 전만 해도 주말이면 장을 잔뜩 봐와서는 찌개나 반찬을 만들어 먹고는 했었다. 하지만 먹는 것 보다 버리는 게 많아지면서 어느새 집은 인스턴트 음식들로 가득 찼고 더는 맛있는 음식 냄새로 집이 따뜻해지는 일은 없었다. 라면을 소울 푸드라고 말하는 사람들도 있지만, 나는 그 말에 동의하지 않는다. 라면을 좋아하고 즐기는 편에 속하지만 그런 기호와는 상관없이 라면은 외로움을 단적으로 드러내는 것 중의 하나였고, 누군가에게는 든든한 한 끼가 될 만큼 따뜻한 음식일 수도 있을 테지만 내겐 언제나 허전한 음식이기만 했다. 먹어도 먹은 것 같지 않은 허기짐. 바로 그것이었다. 간편한 인스턴트 음식처럼 내 인생도 인스턴트가 되어 버린 게 아닐까 생각했다.

사랑하면서도 언제나 사랑을 찾아 헤맸고 사람들 사이에 있으면서도 언제나 사람이 그리웠다. 일하고 있으면서도 어딘가 있을 내 꿈을 찾아 두리번거렸고 쉬고 있을 때면 이러고 있어도 되는 건가하는 생각에 불안해했다. 빨리빨리, 뭐든 해야 한다는 생각이 머릿속 깊숙이 자리하면서 스스로에 대한 여유도 사라져 버렸다. 그렇다고 시간을 제대로 쓰는 사람도 아니었다. 자기계발이나 취미생활에 시간을 쓰는 것도 아니었고, 그저 멍하니 있거나 밖에 나가서 부질없이 시간을 소모하는 것이 전부였다. 어린 시절 순수하던 나는 어느새 사라지고 의심 많고 주눅 든 모습의 내가 있었다.

공허함은 언제나 불안을 동반했고
불안함은 언제나 외로움을 데려오곤 했다.

산책하다가 나무에 걸린 연을 본 적이 있다. 연은 나뭇잎 하나 없이 바짝 마른 나무 꼭대기에 걸려 휘날리고 있었다. 왠지 애처로워 보이는 모습에 한동안 눈을 떼지 못하고 바라보고 서 있었다. 어디서부터 날아온 것일까 생각했다. 얼마나 멀리서 여기까지 밀려온 걸까. 어떤 사람의 연이었을까. 끊어져 버린 저 연에 자그마한 소망이라도 담아 보내긴 했을까. 만약 그렇다면 나무에 걸려버린 저 연을 다시 날려 보내 주기라도 해야 하는 걸까. 잎도 피지 않은 나무에서 홀로 펄럭거리며 흩날리는 모습이 처량하다. 소망만 담은 채 주인에게서 떨어져 홀로 먼 길을 바람에 밀려왔을 저 연을 생각하니 마음이 쓰였다.

나는 자주 쓸쓸한 것들에 대해 연민을 가지곤 했다. 낙엽, 시들기 직전의 꽃, 색이 바래버린 책 같은 시간에 연해지고 흐트러진 것들이 좋았다. 그것들에서 번져 나오는 애틋함이 좋았고 진한 여운이 마음에 들었다. 그래서 눈에 띄었을까, 저 연이.

오늘처럼 초라하게 느껴지는 날이면 억지로 힘을 내기보다는 괜찮다고 말해줘도 괜찮겠다.

한번쯤은 모든 걸 내려놓고 될 대로 되라며 심술을 조금 부려 봐도 괜찮겠다.

자연스레 흘러가는 내 모습을 조금은 그대로 바라봐도 괜찮겠다.

그러다 보면 다시 환하게 웃던 나로 돌아올 수 있을 테니까.

7. 지나고 나서야

물건을 살 때도 살까 말까 고민을 하다 결국 물건이 동나고 나서야 후회했고, 마음을 전할 때조차 망설이기만 하다 결국 전하지 못한 마음을 뒤늦게 후회하곤 했다. 항상 한발 느린 사람. 그래서 그리도 지난 것들에 미련이 남았었는지도 모르겠다.

도대체 그 미련들은 내게 무엇을 남기고 간 것이었을까.

언젠가 식물을 키운 적이 있었다. 각기 다른 예쁜 화분에 담겨있던 귀여운 선인장 3개였다.

"이건 웬만하면 잘 죽지도 않는데, 가끔 생각날 때 물이나 조금씩 주면 돼."라고 말하며 너는 선인장을 내 손 위에 올려다 놓았다. 난 도대체 이게 뭐냐는 표정으로 멀뚱히 널 쳐다보기만 했다. 살아 있는 건 선물로 받아본 적도 없을뿐더러 받고 싶지도 않았다. 혹시 죽기라도 한다면 온전히 나 때문이라는 것이 싫어서였다. 무엇보다 무언가를 살필 여력 따윈 없었다. 그런데 그런 내게 선인장을 들고 나타나다니.

"요즘 뭐라도 키우고 싶다고 자주 말하길래 하나 사와 봤어."

뚱한 내 표정에 넌 변명하듯 말했다.

"그건 그냥 말뿐이지, 내가 집에 화분 키우는 거 봤어? 어차피 죽어서

버리게 될 텐데……"

고맙다는 말은커녕 심술 섞인 말을 내뱉었다.

"그래도 잘 키워봐, 너한테 좋을 것 같아, 물론 나한테도 그렇고."

그 말은 대체 무슨 의미였을까. 귀찮게 뭐 이런 걸 사 왔냐는 식으로 말했지만 내심 예쁘다고 생각했다. 나였다면 절대 집에 들이지 않았을 것, 나였다면 절대 살 엄두도 내지 못했을 것. 선인장은 내 공간에 들어온 첫 화분이었다. 책상 옆 선반 위에 나란히 올려두었다. 이렇게나 작은 화분으로도 집 분위기가 이렇게 달라질 수도 있구나 싶었다. 집을 찬찬히 둘러봤다. 환기가 잘되지 않아 답답한 공기로 가득 찬 방. 전체적으로 보면 깔끔하지만 따뜻함이라고는 없는 것 같은 집. 내가 이렇게 살고 있었나, 그 흔한 사진도 한 장 없이…….

어느새 집에 들어오면 "잘 있었어?"라는 안부를 묻기도 하고 선인장이 잘 크고 있는지 바라보는 것이 일상이 되어갔다. 일주일 정도 되는 꽤 긴 여행을 다녀온 날이었다. 여행을 끝내고 돌아오니 선인장 상태가 이상했다. 뿌리 부분이 까맣고 서 있는 힘이 약해 보였다. 죽을 이유가 없는데, 아플 이유가 없는데 뭐 때문에 이런 거지. 해가 잘 들지 않는 탓이었을까, 비가 와서 너무 습했던 걸까, 그것도 아니면 집을 오래 비운다는 생각에 혹시나 싶어 물을 많이 주고 간 것이 화근이었을까. 근처 꽃집에 가서 물어보니 이미 썩어서 죽었다고 했다. '이럴 줄 알았어…. 역시나 내 손에 들어와서 멀쩡한 게 없었어.' 어릴 적부터 그랬다. 내 손에 들어 온 것 중에 성한 것들은 찾아보기 힘들었다. 놀러 나가서는 옷을 잃어버리고 오기도 했고, 좋아하던 책도 깨끗하게 보지 못했다. 멀쩡히 작동되던 전자제품도 내가 만지면 고장이 났고, 라면을 하나 끓여 먹다가도 접시를 곧잘 깨 먹었다. 잘 넘어지는 탓에 팔과 다리에는 상처가 나지 않은 적이 없었다.

"결국 죽었잖아……. 괜히 이런 걸 줘서……."

얼마 전 문상을 다녀왔다. 친한 언니의 아버지가 갑작스레 돌아가셨다는 소식이었다. 언니의 얼굴은 환하게 웃던 모습이 있었나 싶을 정도로 빨갛게 익어 있었고 눈에는 물기가 가시지 않은 모습이었다. 절을 하고 자리에 앉았다. 상갓집에서는 오히려 시끄럽게 있다가 가는 것이 예의라고들 했지만 나는 무슨 말을 어떻게 해야 할지 몰라 안절부절 어쩔 줄을 몰랐다. 세상의 그 어떤 말이 위로가 될 수 있을까. 해줄 수 있는 말이 없었다. 위로는 다른 사람들의 몫이었고 나는 그저 고개를 끄덕이는 일만 할 뿐이었다.

"잘 가라는 말 한마디를 못 했는데, 사랑한다는 말 한마디를 못 했는데 그런 날 놔두고 그렇게 가버렸어."

잠시 적막이 흘렀지만, 언니가 이내 입을 열었다.

"그래도 나 잘 살거야. 엄마도 내가 잘 챙기고 일도 열심히 하고. 너무 슬프지 않게, 슬픔이 오래 가지 않게 하던 대로 그렇게 잘 살 거야."

'강하구나, 이 사람…….'

슬픔을 솔직하게 말하는 사람, 그 모든 슬픔을 뒤로 한 채 잘 살 거라 말하는 사람, 나랑은 참 다른 사람이다. 미워하고 또 원망했던 친구, 그럼에도 가장 보고 싶은 친구 R. 그러고 보면 나는 참 언니와는 달리 널 원망했었다. 붙잡아 주지 못한 나를 탓했고 네 몫까지 열심히 살겠다고 자신 있게 말하지도 못했다. 네가 흩뿌려진 바다에 들른 날이면 나의 힘든 일들만 뱉어내고 오곤 했다.

너의 아픔은 감싸주지도 못했던 내가 아직도 너에게서 위로를 받고 있었다.

꽃이 지고 나면 꽃이 아름다웠다는 것을 느끼듯, 20대가 지나고 나서야 비로소 그때가 빛났다는 것을 안다. 선인장은 죽고 나서 허전함을 남겼듯 R은 내게 곁에 있음의 소중함을 가르쳐 주었다.

곁에 머무르던 것들은 어떻게든 그 흔적을 남기는 법인지도 모르겠다.

머물던 것들이 사라져도 그때의 시간은 여전히 내 곁에서 살아 숨 쉰다는 것.

그 시간이 모여 바로 내가 존재 하는 것.

같이 유영하던 그때의 추억과 울고 웃던 기억은 영원히 있을 거라는 것.

그 흔적들로 내 시간은 따뜻해져 갈 거라 믿어본다.

선인장의 꽃말이 '불타는 마음'인 것처럼 말이다.

8. 산책하는 오후

'계절 냄새'에 대해 진지하게 말하는 날 보며 너는 비웃었다. 무슨 계절에 냄새가 있냐고. 그 말에 나는 모든 계절에는 그 계절만의 냄새가 있다고, 아무려면 바람에도 냄새가 있는데 계절이라고 왜 없겠냐고 말했다. 그런 나에게 너는 웃으며 말했지. 계절은 그렇다 치더라도 바람에 무슨 냄새가 있냐면서 말이 되지 않는다고 했다. 냄새는 추억을 되살려 준다고, 순간순간마다의 냄새를 우리는 기억하며 살고 있는 거라고 나는 너에게 말해주고 싶었다.

가끔 사진을 뒤적거리거나 친구와 이야기를 하다 보면 꼭 한 번은 하고 넘어가는 말이 있다.

"그때 참 좋았지."

"그때 우리 참 어렸는데."

"그땐 조그만 일에도 웃기 바빴는데."

"그때가 정말 재밌었는데."

등등. 기억 속 그때를 이야기하다 보면 화제는 다시 '요즘'으로 되돌아온다.

"요즘은 재밌는 일이 없어."

"요즘은 뭐만 했다 하면 피곤해."

"요즘엔 참 웃을 일이 없어."

무언가 결핍된 것만 같았다.

"그때로 돌아가고 싶어."

그때를 생각하다 보면 나는 바닷속 깊숙한 곳으로 끝없이 가라앉는 기분이었다. 그때와 지금의 내 모습은 너무나 달라져 버렸으니까. 그때의 모습이 떠올라 주체할 수 없을 때면 지난 시간이 그리운 것뿐이라며 애써 마음을 눌렀다. 난 도대체 무엇을 떠올렸던 걸까. 너였을까, 나였을까, 그것도 아니라면 우리가 함께일 때였을까. 끝없이 꼬리를 물고 늘어지는 생각들을 자르려 산책길에 나섰다. 가장 편안한 옷을 골라 입고 운동화를 신었다. 화장은 생략했다. 운동 부족으로 인해 조금이라도 걸어보자는 취지로 시작한 산책이었지만 꾸준히 하다 보니 이것만한 게 없었다. 꼬리에 꼬리를 무는 생각들로 머리가 복잡하거나 화나는 일이 있을 때 '걷기'라는 행위는 요동치는 마음을 잔잔하게 가라앉혀 주었다. 그래서 어김없이 나선 산책길이었다. 돌아가고 싶을 때라……. 누구든 한 번쯤은 돌아가고 싶은 순간이 있겠다. 만약 돌아갈 수 있다면 나는 어느 순간을 택할까 궁금해졌다. 엉망진창이었던 20대 시절은 두 번 다시 보고 싶지 않은 드라마 같다고만 생각했는데 지금에 와서 보니 나는 언제나 그때의 나를 그리워했다.

겁 없이 여행을 즐기던 그때.

겁 없이 꿈을 찾던 그때.

겁 없이 사랑하던 그때.

겁 없이 사람을 믿었던 그때.

얼마 전 제주에 다녀왔다. 제주는 두 번째 오는 곳인데 거의 7년 만에 다시 찾은 곳이었다. 이번에는 룸메이트 동생과 함께였다. 처음 제주를 방문한 건 M과 함께였다. M과 처음이자 마지막으로 여행한 곳. 제주는 내게 특별한 곳이다. 친구와 함께 멀리 여행을 온 것도, 운전을 제대로 처음 한 것도 모두 제주에서였다. 우리가 멀어진 시간만큼 이곳도 참 많이 변한 것 같았다. 공항은 정비가 많이 됐는지 질서정연해 보였고 꽤 커진 듯한 느낌이었다. 7년 전 그땐 낮이었지만 이번에는 밤에 찾은 탓일까. 그게 아니면 그때보다 주위를 둘러보는 일이 더 많아져서일까.

성수기라 그런지 렌터카를 예약하는 일이 보통이 아니었다. 겨우겨우 구한 것이 도착 다음 날이었기에 우리는 택시를 타고 바로 호텔로 이동했다. 그때와 달라진 게 있다면 이런 것들이었다. 버스 대신 택시를 탄 것. 게스트하우스 대신 호텔을 예약한 것. 빡빡한 일정보단 여유로움을 선택한 것. 어릴 때 보다 경제적으로 좀 더 여유가 생겨서 일수도 있고 예전보단 금세 피곤해지는 몸 상태 때문일지도 모르겠다. 호텔 근처 야시장에 들러 회와 딱새우를 사 왔다. 제주에 왔는데 날것을 안 먹고 지나칠 수는 없지.

"우리가 안지도 꽤 오래 됐다. 네가 벌써 스물여덟이고 내가 벌써 서른이야. 스물네살에 너랑 알게 됐는데……. 시간 참 빨라, 그렇지?"

"그러니까요, 언니! 그때 참 재밌고 좋았었는데, 그때 사진 보면 진짜 어렸었구나 싶다니까요."

좋았던 때가 같은 사람과 함께 있을 수 있다는 건 참 행복한 일이구나. 설명하지 않아도 그때를 떠올려 주고 예뻤다고 말해주는 사람이 바로 내 옆에 있다니. 이것만으로도 이번 제주 여행은 충분할 것 같다는 생각이 들었다.

취향이 꽤 비슷한 우리는 여행 코스를 정하는 데 어려움이 없었다. 주로 한적한 해변과 소품샵, 서점들을 위주로 돌아다녔다. 풍경이 예쁜 곳을 골라 다녔지만, 제주는 어느 곳이든 빛이 났다. 비가 조금씩 내리는 흐린 날이었다. 참, 내가 여행을 오면 비가 오지 않는 날이 없다. 하지만 비가 와서 더 멋있던 곳, 곽지 해수욕장. 현무암이 더욱 이색적인 풍경을 선사했고 우리는 모래사장에 어린아이처럼 이름과 날짜를 새겼다. 다음에도 같이 이곳을 방문할 수 있기를 바라면서. 작은 책방에도 들렀다. 나는 작은 책방을 사랑한다. 특유의 아늑한 분위기와 오밀조밀 붙어 있는 책들이 풍기는 느낌이 좋아서였다. 책방 한 벽면에는 이런 문구가 적혀 있었다.

내가 바꾸지 못하는 것을 받아들이는 평정심과 내가 바꿀 수 있

는 것을 바꾸는 용기와 늘 그 둘을 분별할 수 있는 지혜를⋯.

- 커트 보니것 -

동생이 책을 고르는 동안 한참을 서서 조용히 반복해서 속삭였다. 이렇게 가슴에 박히는 문장을 만나면 한동안은 무기력해지는 느낌을 받고는 했다. 그래, 현재에 충실해야지. 지난 과거들이 아쉬워 지금 소중한 것들을 놓칠 수는 없으니까.

소품샵에 들렀다. 꽤 이색적인 물건들로 가득한 곳이었는데 이름이 잘 기억나지 않는다. 마녀로 시작되는 이름이었던 것 같은데. 사진을 찍지 않아도 기억할 수 있을 거라 생각했는데, 나를 너무 믿은 탓이었다. 나는 드림캐처를 사고 싶었고 동생은 에코백을 사고 싶어 들린 곳이었다. 작은 평수의 가게였지만 애정이 듬뿍 서려 있는 게 눈에 보였다. 무엇보다 주인 언니가 아주 친절했기에 우리는 마음 편히 한참을 구경할 수 있었다. 많은 종류의 드림캐처가 있었지만 결국 사지 못했다. 집에 걸만한 데는 있을까 너무 화려하거나 단순하지 않나, 뭐 이런 생각들 때문이었다. 여행이 끝난 후에는 그때 샀어야 했는데, 라며 후회했지만 말이다. 망설이는 버릇, 이거 참 문제다. 물건 하나를 사려고 해도 이렇게나 망설이는데 이런 내가 단순하게 살고 싶다는 건 욕심인지도 모르겠다는 이상한 생각을 했다.

좋아하는 걸 하고, 사랑하고, 의심하지 않으며 순간순간을 온전히 즐기는 것. 단순한 것들이지만 우리 모두에게 가장 쉬우면서도 어려운 것들이겠지.

굴껍질을 말리는 풍경이 이색적이라는 신천목장으로 향했다. 매년 굴을 수확할 때마다 볼 수 있는 풍경이라 해서 기대를 하고 갔지만 이런, 올해는 굴껍질을 말리지 않는다는 소식. 한쪽엔 드넓은 벌판이, 한쪽엔 끝없는 바다가 펼쳐져 있는 곳. 굴껍질로 목장이 온통 주황빛이었다면 정말이지 이 세상이 아닌 것 같았을 곳. 만약 어딘가 집을 짓고 살게 된다면 이런 곳이었으면 좋겠다는 생각이 들게 만드는 곳이었다. 아직 봄이 오지도 않았는데 유채꽃들이 군데군데 이르게도 피어있다. 봄날의 제주는 얼마나 더 예쁠까.

겨울 사이로 봄기운을 품은 바람이 불어온다. 춥지도 않고, 그렇다고 따뜻하지도 않은 이 어중간한 계절을 나는 사랑한다. 겨울과 봄 사이, 어느 계절이라고 하기도 애매한 그런 때가 오면 일렁이는 마음을 주체할 길이 없다. "이른 봄이 찾아오려나 봐, 봄 냄새가 나는 걸 보면." 바람을 따라 네가 내게로 찾아왔다. 넌 항상 떨쳐버릴 수 없는 존재였다. 하지만 봄이 지나고 나면 어느새 무더운 여름이 찾아온다는 것을 알고 있듯, 나는 너를 부정하기보단 온몸으로 끌어안아 본다. 아쉬워하지 않기 위해, 미련을 남기지 않기 위해 밀려오는 너를 받아들이기로 했다. 그러고 나면, 그렇게 꽃잎이 다 떨어지고 나면 내게도 새로운 계절이 올 테니까.

나는 분명, 지금 이 순간들을 사랑한다.

그러니 애써 지난 마음을 달래려고도 억누르지도 말 것.

온 마음을 다해 그리워하고 추억할 것.

그러다 조금 가라앉고 나면 아무렇지 않은 듯 살다

다시금 마음이 간지러워질 때면

온전히 그 마음을 다할 것.

그러고 나면 또다시 온 힘을 다해 사랑할 것.

마치는 글

글쓰기를 시작하게 된 건 어떤 계기가 있어서는 아니었다.

그저 책이 좋아 책을 읽었고 좋은 문장들을 따로 적어 모았다. 그러길 반복하다보니 어느새 글은 나를 대신하고 있었다. 하고 싶은 말, 해야 했던 말, 슬픔, 행복, 사랑, 모든 것이 글에서만큼은 솔직해졌다. 그렇게 글에서 위로를 받았다. 나를 나무랄 사람은 아무도 없었고 글은 나를 조용히 받아주었다.

성공하고 싶었다. 무언지는 모르겠지만 언제고 가장 높은 곳에 오르길 원했다.

여행하고 싶었다. 정해진 순서대로의 삶이 아니라 자유롭고 넓게 살고 싶었다.

사랑하고 싶었다. 많지 않아도 몇몇만으로도 충분히 사랑이 넘치는 삶을 꿈꿨다.

엄마는 말했다. 자유롭게 그럼에도 확실하게 살아가라고. 아빠는 말했다. 언제나 사랑하는 사람들과 함께 하는 행복한 삶을 살아가라고. 언젠가는 그렇게 될 수 있을거라 생각했지만 세상은 생각보다 불공평하고 너무 복잡하기만 했다. 그 앞에서 자주 넘어졌고, 자주 울었다.

여러번의 취업과 열심히 해보려고 시작했던 일이 사기라는걸 알았을 때, 경제적으로 바닥을 쳤을 때, 사랑하는 사람과의 헤어짐. 모든 것들이 한꺼번에 파도처럼 밀려왔을 때 나는 삶의 의미를 잃어버렸다. 아무도 만나기 싫었다. 나만 빼고 잘 사는 듯한 모습들이 싫었고 나만 빼고 행복한 듯 웃는 얼굴들이 미웠다. 아무것도 하기 싫었다. 하고 싶은 일들이 많았던 나였지만 열심히 해봤자 어차피 결과는 형편없다면서 모든 의지를 상실했다. 아침에 뜨는 햇살이 싫었고 좋아했던 음악소리도 그저 소음과 같았다. 툭하면 울음을 터트리는게 일상이 되었고 웃음은 찾아보기 힘들었다. 방안에 틀어박혀 그저 이 모든게 지나가기만을 숨죽여 기다렸다. 하지만 변하는건 없었다. 세상은 나없이도 바쁘게만 돌아가니까.

　남은건 모든 상황을 인정하고 받아들이는 거였다. 모든걸 잃었다고 생각했지만 혼자가 아니었다.

　나를 믿고 사랑해주는 사람들이 있었다. 예쁜 것이 있으면 못난 것도 있듯 모든 모습들을 이해하고 받아들여야 했다. 결코 나만 이렇게 살아가는 것이 아니라는걸 이젠 알 것도 같으니까.

　가끔은 그 순간들조차 꼭 필요 했던 시간이 아니었을까 생각도 해 본다.

　하루가 끝이 나고 모두가 잠이 드는 때, 당신의 하루엔 끝이 없는 것만 같다면

　올려다본 밤하늘에 뜬 달을 보고도 눈물이 난다면

　열심히 노력해도 무엇 하나 손에 잡히는 것 없는 현실에 모든 걸 포기해 버리고 싶다면

이 말로는 충분하지 않겠지만, 정말 괜찮다고. 당신이기에 괜찮을 것
이라고 말해주고 싶다.

극심한 추위가 가고 나면 유난히 따뜻한 계절이 찾아오듯

당신의 밤은 깊었으니 유난히도 빛나는 날이 찾아올 거라고.

그러니 조급해하지 않았으면 하고 바라본다.

빛나는 별들을 보며 외롭지 않았으면 하고 바라본다.

당신을 사랑하고 곁을 지켜주는 사람들을 바라보길 바라본다.

그렇게 이 글이 어쩌면 당신에게도 위로가 되었으면 좋겠다.

어쩌면
위로가
되지 않을까 해서

초판1쇄 2020년 10월 19일
초판4쇄 2023년 7월 20일
지 은 이 배은비
펴 낸 곳 하모니북

출판등록 2018년 5월 2일 제 2018-0000-68호
이 메 일 harmony.book1@gmail.com
전화번호 02-2671-5663
팩   스 02-2671-5662

ISBN 979-11-89930-57-8 03810
ⓒ 배은비, 2020, Printed in Korea

값 15,000원

이 도서의 국립중앙도서관 출판예정도서목록(CIP)은 서지정보유통지원시스템 홈페이지(http://seoji.nl.go.kr)와 국가자료공동목록시스템(http://www.nl.go.kr/kolisnet)에서 이용하실 수 있습니다. CIP제어번호 : CIP2020040508

색깔 있는 책을 만드는 하모니북에서 늘 함께 할 작가님을 기다립니다.
출간 문의 harmony.book1@gmail.com